KB114558

大<br>
武<br>
士<br>
대<br>
무<br>
사

철백 新무협 판타지 소설

FANTASTIC ORIENTAL HEROES

# 대무사 8

철백 新무협 판타지 소설

초판 1쇄 찍은 날 § 2016년 6월 20일
초판 1쇄 펴낸 날 § 2016년 6월 27일

지은이 § 철백
펴낸이 § 서경석

편집책임 § 이지연

펴낸곳 § 도서출판 청어람
등록번호 § 제387-1999-000006호
등록일자 § 1999. 5. 31
어람번호 § 제2-2666호

주소 § 경기도 부천시 원미구 부일로 483번길 40 서경B/D 3F (우) 14640
전화 § 032-656-4452 팩스 § 032-656-4453
http://www.chungeoram.com
E-mail § chungeorambook@daum.net

ISBN 979-11-04-90856-9 04810
ISBN 979-11-04-90570-4 (세트)

철백 新무협 판타지 소설

**FANTASTIC ORIENTAL HEROES**

# 大武士

대무사

8

도서출판 청어람

目次

第一章
신마정(神魔井)

"하하하하!"

고영천의 호탕한 웃음소리가 마가촌 전체에 울려 퍼졌다.

이신과 신수연의 무사 귀환에 저도 모르게 터져 나온 웃음이었다.

어찌나 그 웃음소리가 큰지 소유붕이 그의 옆구리를 팔꿈치로 쿡쿡 찔러댔다.

"시끄러워, 곰탱이! 누가 곰탱이 아니랄까 봐 덩치 값 아주 제대로 하네."

"흐흐흐, 뭐라 말해도 상관없다. 거기다 여긴 내 집인데 시끄럽게 떠든다고 누가 뭐라 하겠어?"

"하여간, 곰탱이 새끼, 말이나 못 하면 몰라."

퉁명스레 고영천을 타박하는 소유붕이었지만, 정작 그의 얼굴에도 잔잔한 미소가 지어졌다.

'무사하셨구려, 누님.'

신수연은 떠나기 전에는 누가 봐도 불안정한 모습이었지만, 지금은 언제 그랬냐는 양 완전히 안정된 모습이었다.

게다가 어딘지 모를 여유까지 느껴졌다.

그렇게 신수연의 모습을 천천히 살펴보던 소유붕의 고개가 옆으로 기울어졌다.

'어라? 어째 예전이랑 뭔가 달라진 것 같은데……?'

단순히 겉으로 풍기는 분위기만 달라진 게 아니었다.

보다 본질적인 무언가가 바뀌었다.

소유붕은 그런 신수연의 변화를 귀신처럼 감지했다.

하나 정확하게 그것이 무엇으로부터 비롯된 변화인지까지는 알아내지 못했다.

그런 그의 궁금증을 속 시원하게 풀어줄 수 있는 사람은 장내에 오직 한 명뿐!

슬쩍 이신을 바라보자 때마침 그의 생각을 꿰뚫어 보기라도 한 듯 이신이 말했다.

"일조장은 얼마 전에 입신경에 들어섰다."

"이, 이, 입신경이라고요?!"

"세상에!"

모두의 입이 쩍 벌어졌다.

신수연이 초절정을 넘어서 입신경을 바라보는 단계였다는 것까지는 모두가 익히 잘 아는 사실이었다.

한데 불과 한 달여 만에 입신경의 고수로 탈바꿈하다니.

도대체 북해에서 무슨 일이 있었던 건지 절로 궁금해질 지경이었다.

소유붕이 침울한 얼굴로 나지막하게 중얼거렸다.

"제길, 이제야 겨우 따라잡았나 싶었는데……."

은연중에 신수연과 자신의 무위 차이를 신경 쓰던 그였다.

이제야 완숙한 초절정의 경지에 이르러서 신수연과의 차이도 얼마 되지 않는다고 여겼는데, 다시 저만치 멀어지다니.

'나도 북해에 따라갔다면…….'

그는 신수연이 모종의 기연 같은 것을 얻었음을 직감했다.

만약 자신도 북해에 따라갔다면, 그보다는 못하더라도 기연의 끄트머리라도 얻을 수 있지 않았을까 하는 아쉬움이 살짝 들었다.

하나 그 아쉬움은 곧 사라졌다.

현실적으로 그것이 불가능하다는 것을 잘 알기 때문이었다.

그걸 증명하듯 때마침 이신의 전음이 그의 귓전으로 흘러

들어왔다.

[그간 별일 없었느냐?]

그의 물음에 소유붕은 남들 보기엔 딴청을 피우는 척하면서 답했다.

[딱히 특별한 일은 없었습니다.]

그저 최근 들어서 신수연이 돌아왔는지, 아닌지의 여부를 확인하러 종종 빙모 주화영이 왔다 가는 정도가 다였다.

그 덕분에 줄곧 마가촌에 갇혀 지내는 거나 마찬가지인 소유붕 입장에서는 적잖은 삶의 활력소가 되었지만, 그에 대한 언급은 굳이 할 필요가 없었기에 대충 넘어가면서 말했다.

[한데…….]

소유붕은 내심 꺼림칙하다는 기색을 살짝 드러내면서 조심스레 말을 이었다.

[굳이 이렇게까지 해야 할 필요가 있을까요?]

[뭐가?]

[곰탱이랑 채회를 감시하는 거 말입니다. 솔직히 좀 지나치지 않습니까?]

그가 마가촌에 남아 있던 이유.

표면적으로 그것은 혹여 있을지 모를 흑월의 위협으로부터 유세화를 지키기 위해서였다.

그리고 이신은 거기에 남들 모르게 한 가지 임무를 더 했다.

고영천과 문채희, 두 사람의 동향을 은밀히 감시하라고.

그 점이 내심 불만인 소유붕이었다.

제아무리 이제는 같은 소속이 아니라지만, 엄연히 옛 동료인 두 사람이 아닌가.

한데 그들을 감시하라는 것은 어찌 보면 이신이 그들에 대해서 경계하고 있다는 반증이었다.

하나 이신의 생각은 조금 달랐다.

[지나치지 않아. 오히려 서로를 위해서도 그편이 나으니까.]

[그편이 낫다니요?]

소유붕은 이신의 말을 쉬이 이해할 수 없었다.

이에 이신이 말했다.

[솔직하게 말해서 난 지금의 두 사람을 마냥 신뢰할 수 없어.]

고영천이나 문채희에게는 다소 미안하지만, 그게 이신의 본심이었다.

그리 생각하는 데에는 다 그만한 이유가 있었다.

만에 하나 상부에서 유세화의 신변을 확보하라는 명령이 내려온다면?

일단 고영천은 한참을 망설일 것이다.

원체 성격이 곰처럼 순박하고 동료를 아끼는 편이었으니까.

반면 문채희는 명령이 떨어지는 즉시 예전 동료인 소유붕과 싸우는 걸 주저하지 않을 것이다.

어쩌면 그의 목숨도 서슴없이 취할 것이다. 자신과 고영천이 간신히 이룩한 가정의 평온을 계속 유지하기 위해서라도.

그리고 그녀가 다치기라도 한다면, 고영천도 끝내 나설 수밖에 없었다.

언제 적으로 돌변할지 모르는 아군.

어쩌면 적보다 훨씬 더 위험천만한 변수였다.

하여 이신은 소유봉을 남겨둔 것이다.

그의 눈치와 임기응변이라면 두 사람으로부터 유세화의 신변을 안전하게 보호하는 것은 물론이거니와, 능히 그녀와 함께 마가촌을 빠져나올 수 있을 테니까.

어쩌면 앞서 고영천이 요란하다 싶을 만큼 기뻐한 것도 단순히 두 사람의 생사가 무사하기 때문만은 아닐 것이다.

일단 두 사람이 멀쩡하다는 게 확인된다면, 마교 상층부에서도 함부로 행동하지 못할 것이다.

이신의 무위만 하더라도 버거운데, 거기에 갓 입신경에 도달한 신수연까지 가세한다면?

마교로서도 큰 피해를 감수하지 않으면 안 된다.

바보가 아닌 이상, 괜히 가만히 있는 벌집을 건드릴 이유는 없었다.

그러면 자동적으로 예전의 동료였던 소유봉 등과 싸울 필요도 없어진다.

고로 고영천은 그러한 사실이 너무나 다행스러워서 저도 모르게 기뻐한 게 아닐까?

그럼 어느 정도 앞뒤가 맞아떨어진다.

이신이 거기까지 설명하자 소유봉도 이제는 좀 알아들은 눈치였다.

그는 슬쩍 곁눈질로 고영천을 바라봤다.

'쯔쯔쯧, 너도 참 힘들게 사는구나, 곰탱이.'

다소 씁쓸했지만 어쩔 수 없었다.

그게 현실이었다.

평소에 시답잖은 농지거리를 늘어놓으면서 까불고 노는 것과 별개로 이전과 달리 전장에서 서로의 등을 맞대고 의지할 수 있는 사이가 아닌 것처럼.

그것은 혈영대 해산을 기점으로 소유봉 등과 고영천 부부의 입장이 서로 판이하게 달라졌다는 반증이기도 했다.

생각할수록 절로 우울해졌다.

이에 소유봉은 애써 그에 대한 생각을 한쪽으로 밀어내면서 말했다.

[그럼 이제 어찌할까요?]

이신이 돌아온 이상, 앞으로의 일을 진지하게 논의할 필요가 있었다.

일단 거처부터 옮겨야 했다.

이신의 말마따나 언제 적으로 돌변할지 모르는 고영천 등과 언제까지고 함께 지낼 수는 없는 법이니까.

서로를 위해서도 그러는 편이 나았다.

거기다 내일이면 그토록 오지 않기를 바랐던 천마군림진이 열리는 날이었다.

그것은 달리 말해서 새로운 천마전의 주인이자 마교의 지배자, 천마가 정해지는 날이라는 말이기도 했는데, 문제는 별다른 이변이 없는 한 그 새로운 천마가 다름 아닌 일공자 담천기일 가능성이 높다는 것이었다.

그리고 그가 천마가 되면 무조건 제이차 정마대전이 일어날 거라는 사실 또한 모두 잘 알고 있었다.

북해로 떠나기 전에 담천기의 목적이나 흑월의 음모에 대해서 대충 설명했었기 때문이다.

혈영대로 활약하면서 누구보다도 정마대전의 폐해를 뼈저리게 느낀 그들이기에 제이차 정마대전이 일어나는 것만큼 무조건 막아야 했다.

하나 마땅히 담천기를 막을 만한 방도가 없었다.

그렇다고 해서 마냥 이렇게 손만 놓고 있을 수도 없는 노릇이기에 소유붕은 이신의 의견을 물어보는 것이었다.

이에 이신은 말했다.

[일단 전문가의 의견부터 들어보자고.]

[전문가라뇨?]

다소 생뚱맞은 이신의 말에 소유붕이 의아한 표정을 지었다.

그리고 그 순간, 이신의 발아래의 그림자가 갑자기 꿈틀거리기 시작했다.

소유붕뿐만 아니라 장내 모두의 눈이 커졌다.

"설마……!"

모두의 놀람 속에서 그림자는 이내 청년 문사, 단무린으로 화했다.

"모두 오래간만이오."

실로 무덤덤한 그의 인사에 순간 어안이 벙벙해졌지만, 이내 소유붕의 입꼬리가 올라갔다.

"너 이 새끼, 역시 무사했구나!"

환마종주의 도움으로 구사일생으로 살아남았다는 말은 들었으나, 정작 그와 이렇게 얼굴을 마주 보는 것은 거의 한 달여 만이었다.

평소에는 서로 으르렁거리지만 역시 반가울 수밖에 없었다.

이신 외의 사람들 앞에서는 감정 표현이 드문 단무린도 이때만큼은 입가에 미소가 살짝 어렸다.

"형님보다 먼저 갈 수는 없는 일이니까. 뭐, 덕분에 이 모양, 이 꼴이긴 하지만."

단무린은 대답과 동시에 오른팔을 쓱 들어 올렸다.

그러자 은빛으로 빛나는 그의 의수, 은린비가 모습을 드러
내면서 절로 좌중의 시선을 사로잡았다.

한참을 바라보는 것도 잠시, 곧 정신을 차린 소유붕이 더듬
거리면서 말했다.

"그, 그건……?"

"내 새로운 팔이지."

무덤덤하게 답하면서 단무린은 한 차례 의수의 주먹을 쥐
었다가 폈다.

미세하게나마 그 일련의 동작에서 어색함이 엿보였지만, 아
직 그가 은린비를 착용한 지 불과 반나절도 채 되지 않은 걸
감안해야 했다.

오히려 이 정도면 장족의 발전이라고 볼 수 있었다.

만일 이대로만 간다면 은린비는 생각보다 빨리 그와 한 몸
이 될 터.

그리 된다면 단순한 의수 이상의 역할을 톡톡히 해낼 것이
다. 괜히 은린비가 무림팔대기보 중 하나라고 불리는 게 아니
었으니까.

그 사실을 알 리 없는 소유붕은 그저 신기하다는 눈길로
은린비와 단무린을 번갈아 쳐다볼 따름이었다.

그의 시선을 무시한 채 단무린은 고영천에게 말했다.

"사조장, 잠시 저희끼리만 할 이야기가 있는데 괜찮겠습니까?"

다소 조심스러운 그의 말에 고영천은 별다른 불만 없이 고개를 끄덕였다.

"신경 쓰지 말게. 그럼 편하게 이야기 나누십시오, 대주."

정중하게 이신에게 인사를 하고 난 뒤 고영천은 곧바로 자리에서 일어났다.

소유붕이 다소 미안하다는 눈빛으로 쳐다봤지만, 이내 시선을 거두었다.

'미안하다, 곰탱이.'

약간 따돌리는 것 같다는 느낌이 들긴 했지만, 하는 수 없는 일이었다.

소유붕 자신과 마찬가지로 계속 이신을 따른다면 모를까, 문채희와 그는 이신의 곁이 아닌 마교에 남는 쪽을 택했다.

이제 와서 결정을 되돌릴 수는 없는 일.

차라리 이렇게 선을 긋는 편이 서로를 위해서도 나았다.

그렇게 고영천이 바깥으로 나가려는 순간, 이신이 입을 열었다.

"앉아라, 사조장."

"⋯⋯?!"

순간 고영천의 몸이 흠칫하면서 멈췄다.

이윽고 고개를 돌리는 그의 표정은 굳어져 있었다.

"왜⋯ 그러십니까, 대주?"

"앉아라."

이유를 물어봤지만, 이신은 연신 같은 말만 반복할 따름이었다.

이에 의아해하면서 엉거주춤 자리에 앉은 고영천.

이어서 이신이 천장을 바라보면서 말했다.

"너도 마찬가지다, 삼조장."

"……"

아무런 대답도 들려오지 않았지만, 장내에 있는 사람은 모두 그곳에 삼조장 문채희가 은신하고 있음을 알 수 있었다.

무거운 침묵 속에서 문채희가 유령처럼 모습을 드러냈다.

"왜 저까지……?"

그녀는 실로 혼란스러운 눈빛이었다.

고영천과 달리 문채희는 여태껏 모두와 조금씩 거리를 두고 있었다.

지금도 이신 등이 무슨 대화를 나누는지 염탐하려던 중이었는데, 그걸 알았음에도 나무라기는커녕 같이 앉아서 대화에 참여하라는 이신의 의중을 도통 알 수가 없었다.

그건 나머지 사람들도 마찬가지였다.

모두가 지켜보는 가운데, 이신이 천천히 입을 열었다.

"사실 어제 전언을 하나 들었다."

"전언이라뇨?"

소유붕이 의아해하면서 물었다.

다들 말만 안 했을 뿐, 비슷한 의문을 느꼈기에 조용히 이신의 입만 바라봤다.

이에 이신은 잠시 뜸을 들인 뒤 말했다.

"…천마께서 보내신 전언이다."

"……!"

모두가 화들짝 놀랐다.

천마가 보낸 전언이라니. 도대체 언제 그런 전언을 이신이 받았다는 말인가?

특히 신수연의 놀라움은 더욱 클 수밖에 없었다.

그녀는 앞서 이신이 묵룡대주 임사군으로부터 웬 두루마리와 함께 전언을 듣는 순간까지도 옆에 함께 있었다.

한데 그럼에도 불구하고, 그것이 천마의 전언이라는 사실까지는 미처 눈치채지 못 했다.

놀라움은 거기서 그치지 않았다.

이신은 품 안에서 두루마리를 꺼내 들었다.

"거기에 여기 이 밀지도 함께 보내셨……."

"잠깐만요."

이신의 말이 채 다 끝나기도 전에 신수연이 불쑥 끼어들었다.

"그건 사마 총사가 보낸 게 아니었나요?"

그녀의 기억이 맞다면 분명 그때 임사군도 자신의 상관인

사마결이 보낸 밀지라고 했었다.

한데 그게 알고 보니까 천마의 밀지였다니.

선뜻 잘 이해가 되질 않았다.

그녀의 지적에 이신은 고개를 끄덕였다.

"물론 표면적으론 그렇지. 더욱이 그렇게 하지 않으면 안 되기도 하고."

이신의 말이 끝나기 무섭게 단무린이 혼잣말하듯 뇌까렸다.

"처음부터 천마께서 사마 총사의 뒤에 계셨던 거군요."

이신은 고개를 끄덕였다.

"정답이다. 용케 그것만 듣고 거기까지 유추해 냈구나."

살짝 감탄 섞인 그의 말에 단무린은 별거 아니라는 듯 말했다.

"지금 마교에서 총사를 뒤에서 부릴 수 있는 사람이라고 해 봤자 그분밖에 없으니까요."

"하긴, 그도 그렇군."

단무린의 말대로 조금만 생각해 봐도 답은 쉬이 나왔지만, 정작 그게 말처럼 쉽지 않다는 건 누구나 다 아는 사실이었다.

또한 단무린은 은근슬쩍 한 가지 중요한 사실을 언급했다.

그는 앞서 사마결의 뒤에 처음부터 천마가 있었다고 말했다.

여기서 말하는 '처음'은 밀지를 받았을 때를 가리키는 게 아니었다.

바로 지난날 운중장에서 고영천 부부가 불시에 기습하고, ·
사마결과 이신이 마주하게 된 그날 밤을 말하는 것이었다.

즉, 이신을 마교로 불러들인 것 자체가 사실상 사마결이 아
닌 천마의 소행이었다는 뜻이다.

도대체 그는 무엇 때문에 이신을 불러들인 것일까?

그 이유가 무엇이냐에 따라서 내일 담천기가 새로운 천마로
등극하는 과정에 있어서 꽤나 적잖은 변수로 작용할 수 있었
다.

보아하니 단무린은 이미 거기까지 다 내다본 눈치였다.

그럼에도 티를 내지 않는 것은 이신이 직접 말하기 전까지
잠자코 있겠다는 뜻일 터.

새삼 단무린이 얼마나 우수한 인재이며, 또한 얼마나 이신
에 대한 충의가 깊은지를 알 수 있는 대목이었다.

이신은 슬쩍 고영천 부부를 곁눈질로 살펴봤다.

남편인 고영천은 연신 이야기에 몰입하면서 놀라는 반면,
아내 문채희의 표정은 딱딱하게 굳어서 의문과 혼란으로 소
용돌이치고 있었다.

'삼조장도 얼추 눈치챈 모양이군.'

논리적인 추론이나 통찰력에서는 단무린에게 밀리지만, 그
래도 나름 영민한 머리를 자랑하는 그녀였다.

그런 그녀가 지금까지의 이야기 속에 숨겨진 의미를 눈치채지 못할 리 없었다.

덕분에 이야기의 진도가 빨라졌고, 이신은 더는 꺼릴 것 없이 말을 이었다.

"전언은 간단해. 오늘 정오에 한번 보자시더군."

모두가 이신의 말에 주목했다.

천마가 그냥 무턱대고 반가운 마음에 이신더러 만나자고 할 리 없었다.

분명 뭔가 있었다.

"천마께서는 내가 다시 원래의 자리로 돌아가길 원하고 있다."

"원래의 자리라면……!"

소유붕이 설마 하는 표정으로 뇌까렸다.

이신이 고개를 끄덕이며 말했다.

"네가 생각하는 게 맞다. 이 밀지가 바로 그 증거지."

말이 끝남과 동시에 이신은 들고 있던 두루마리를 모두가 볼 수 있게 쫘악 펼쳤다.

그리고 거기에 적힌 '귀환'이라는 두 글자를 보자마자 일순 장내가 술렁였다.

정말인가, 하고 반신반의하는 자가 있는가 하면, 희열 어린 미소를 짓는 자도 있었다.

또 어떤 이는 살짝 걱정 어린 표정을 지었고, 어떤 이의 안

색은 창백해졌다.

유일하게 단무린만 처음과 마찬가지로 평정을 유지할 따름이었다.

이미 예상한 결과였기 때문이다.

거기서 그는 한발 더 앞서 나가서 생각했다.

'그게 다가 아닐 거다.'

다시 혈영대를 부활시키려고 할 만큼 천마의 입장에서 이신은 쉬이 포기할 수 없는 인재였다.

더욱이 스스로 얼굴에 금칠하는 감이 없잖아 있긴 하지만, 단무린 자신을 포함한 다섯 조장의 면면도 하나같이 범상치 않았다.

일전에 신생 혈영대를 상대로 압도적인 우세를 보인 게 그 증거다.

만일 혈영대가 새로이 부활한다면 교내에서 이신이 차지할 권력의 비중은 단번에 천정부지로 치솟을 것이다.

정마대전 중 절체절명의 위기에서 마교를 구한 영웅의 귀환!

그보다 자극적인 수식어는 쉬이 찾아보기 어려울 테니까.

거기다 이신이 밑바닥에서부터 꾸준히 위로 올라간 자라는 사실까지 알려진다면 하급 무사들의 가히 폭발적인 지지를 얻게 될 터.

자연스레 혈영대의 규모는 이전보다 훨씬 더 커질 것이고,

잘하면 만인지상에 가까운 총사 사마결을 견제할 수 있는 유일무이한 세력으로 거듭날 수도 있었다.

아니, 어쩌면 그 이상일지도 모른다.

'아마도 천마께서는 형님에게 사마 총사와 일공자, 두 세력 간의 균형추 역할을 맡기려는 거겠지.'

이신만큼 그 역할에 딱 맞는 사람은 없었으니까.

하나 단무린은 마냥 기뻐할 일이 아니라고 여겼다.

'왜 하필 형님이지?'

막말로 단일 세력으로서 유일하게 정사 연합 단체인 동심회에 맞설 정도의 저력을 지니고 있는 마교다.

그런 마교 내에서 이신 대신 균형추 역할을 할 만한 인재가 단 한 명도 없다는 말인가?

당장 일공자 담천기 산하의 신생 혈영대의 인물들만 하더라도 그 수준이나 발전 가능성 면에 있어서는 예전 혈영대 못지않았다.

그러므로 마교 내에 인재가 없다는 건 정말 얼토당토않은 소리에 불과했다.

냄새가 났다.

지독하고 음습한 음모의 냄새가.

'필시 형님을 노린 함정임이 분명해.'

자신 이상으로 뛰어난 직감을 자랑하는 이신이 그걸 눈치채지 못할 리 만무했다.

때마침 그의 귓전으로 이신의 전음이 흘러 들어왔다.

[아무래도 함정 같구나.]

[역시 형님도 그리 생각하셨군요.]

[거기다 어르신께서 나한테 몰래 천마를 조심하라고 귀띔하셨다.]

[사부님께서 말입니까?]

단무린은 내심 놀라지 않을 수 없었다.

사부 환마종주가 이신에게 그런 경고를 했었다니.

정말로 환마종주가 그리 말했다면 무조건 조심해야 할 필요가 있었다.

하지만 마냥 천마의 부름을 거절하는 것도 어려운 일.

이신의 눈에 이채가 떠올랐다.

[네 힘이 필요하다, 무린.]

단무린은 티 나지 않게 고개를 살짝 끄덕였다.

[뭐든 맡겨만 주십시오.]

든든하기 그지없는 그의 대답에 이신의 입꼬리가 올라갔다가 다시 내려갔다.

"자, 이제 어찌하면 좋을까?"

이신의 물음에 일순 장내에 침묵이 감돌았다.

누구 하나 쉬이 입을 열지 못했다.

그도 그럴 것이 자칫 잘못하다간 자신의 말 한 마디에 혈영대의 운명이 결정될지도 모르는 일이기 때문이다.

무거운 정적이 감도는 가운데 문득 누군가가 입을 열었다.

"…왜 그걸 저희에게 물어보시는 거죠?"

음성의 주인은 다름 아닌 문채희였다.

그녀는 도통 지금의 상황을 이해할 수 없었다.

정확히는 향후 혈영대의 방향을 결정하는 중요한 자리에 이미 혈영대를 그만둔 자신과 고영천을 굳이 합석케 한 이신의 저의가 궁금했다.

혼란스러운 기색이 역력한 그녀의 물음에 이신은 담담하게 말했다.

"어쩌면 이번 일은 우리보다 너희한테 더 직접적인 영향을 미칠지도 모르니까."

"그게 무슨 말씀이십니까?"

문채희 대신 고영천이 반문했다.

선뜻 이신의 말이 와 닿지 않았기 때문이었다.

이신이 말했다.

"내가 천마의 제안에 수락하든, 안 하든 간에 과연 총사가 그걸 순순히 내버려 둘까?"

"절대 그럴 리 없지요."

소유붕은 생각만 해도 넌더리가 난다는 표정으로 고개를

가로저었다.

사마결은 행여 이신이 다음 천마가 될지도 모른다는 불안
감에 그를 마교 밖으로 내치는 것도 모자라서 그와 관련된 모
든 공식적인 기록을 일거에 말소시킨 전적이 있었다.

그런 자가 과연 이신의 복귀와 혈영대의 부활을 가만히 내
버려 둘까?

이신의 말마따나 필히 어떤 식으로든 움직일 것이다.

그리고 그 첫 번째 목표는 고영천 부부일 가능성이 다분했다.

즉, 지금까지 그들이 누리던 평온 자체가 완전히 무너질 수
도 있다는 소리였다.

그제야 현실을 깨달은 고영천의 표정이 딱딱하게 굳어졌다.
반면에 문채회의 얼굴은 진작에 핏기가 가신 지 오래였다.

충격에 빠지는 것도 잠시, 고영천은 가까스로 입을 열었다.

"왜, 왜 가만히 있는 우리를……!"

고영천이 신음성처럼 내뱉은 물음에 이신이 말했다.

"왜냐고 묻지 마라. 그건 너희 자신이 더 잘 알고 있지 않느
냐?"

"아아……!"

그렇다.

말은 안 했지만 고영천 부부도 어렴풋이 알고 있었다.

왜 자신들이 제일 먼저 노려지는지를.

그건 바로 그들이 가장 건드리기 쉬웠기 때문이다.

대외적으로 마가촌의 촌장직을 맡고 있다고 하지만, 사실상 고영천에게 일임된 권한은 몹시 제한적이었다.

그건 문채희도 마찬가지였다.

고루마종 내에서 그녀는 거의 모난 돌 취급 받은 지 오래였으니까.

한 마디로 뒷배 자체가 전무했다.

하물며 문채희의 뱃속에서 자라고 있는 아이도 문제였다.

두 사람의 사랑의 결정체임과 동시에 그것은 빼도 박도 할 수 없는 치명적인 약점이기도 했으니까.

장내의 분위기가 얼어붙은 가운데, 이신이 말했다.

"조만간 결정해야 할 때가 올 거다. 이대로 마교에 계속 남아 있을 것인지, 아니면……."

이신은 그 어느 때보다 진지한 표정으로 마저 말을 이었다.

"다시 나와 함께할지를 말이야."


\*      \*      \*


잠시 후, 이신은 마가촌을 나와서 마교로 향했다.

그의 신법이라면 족히 일다경이면 무난히 도달할 수 있는 거리였다.

바람을 가르면서 나아가는 가운데, 한 줄기 음성이 그의 귓전을 때렸다.

[굳이 그렇게 하실 필요가 있었습니까?]

음성의 주인은 단무린이었다.

그는 언제나 그랬듯이 이신의 그림자 안에 모습을 숨긴 채였다.

갑작스러운 단무린의 물음에 이신은 모르는 척 시치미를 뚝 떼면서 말했다.

"뭘 말이냐."

이에 단무린은 돌려서 말하는 것을 포기하고, 대신 직설적으로 대놓고 물었다.

[왜 그 두 사람에게 기회를 주신 겁니까?]

단무린에게 있어서 고영천 부부는 같은 동료라기보다는 주군을 저버린 변절자라는 느낌에 가까웠다.

한데 그들에게 다시금 거취를 정할 수 있는 기회를 주다니.

당연히 단무린으로선 의문과 반감이 동시에 들 수밖에 없었다.

그런 그의 마음을 이해한다는 듯 이신이 고개를 끄덕이면서 말했다.

"그야 두 사람이 내 곁을 떠난 건 그들 자신의 의지가 아니었으니까."

[예?]

순간 단무린은 당황했다.

이신의 곁을 떠난 게 그들 자신의 의지가 아니었다니.

도대체 이게 무슨 소리란 말인가?

이신이 말했다.

"그날 본교와 동심회가 휴전하는 날, 장사평에서 유독 한 사람의 모습이 보이지 않았다. 그게 누구인지 아느냐?"

남들보다 뛰어난 기억력을 자랑하는 단무린이었다.

당연히 그날 장사평에 있었던 마교 인사들의 면면도 대부분 다 기억하고 있었다.

하여 기억을 되짚어보던 가운데, 단무린은 문득 저도 모르게 중얼거렸다.

[잠깐, 설마……?]

뭔가를 깨달은 듯한 그의 말에 이신은 고개를 살짝 내저으면서 말했다.

"사마 총사, 그자의 수완은 예나 지금이나 참으로 철저하지."

이신의 말에 단무린은 아무런 대답도 하지 않고, 그저 아랫입술만 소리 없이 깨물었다.

그러는 가운데, 이신이 문득 소리 없이 멈춰 섰다.

수없이 바뀌던 주변 정경도 어느덧 수많은 전각군으로 고정되어 있었다.

마교 내전 한가운데였다.

그리고 이신의 눈앞에는 웬 자그마한 우물이 하나 보였다.

허름한 외견과 어울리지 않게 무려 신마정이란 이름을 가진 그 우물 앞으로 이신은 천천히 발걸음을 옮겼다.


         *              *              *


신마정의 위치는 실로 기이했다.

전각군 사이라고 하지만, 따로 조경하기 위해 설치한 정원 한가운데 있어서 주변의 이목으로부터 어느 정도 자유로웠다.

하나 더욱 기이한 점은 신마정이 우물이되 우물이 아니라는 사실이었다.

가장 중요한 수원이 메말라서 오래전에 이미 우물로서의 기능을 상실한 것이다.

그러나 이신을 비롯한 몇몇 사람에게 신마정은 아직까지도 그 가치가 유효했다.

그 사실은 이신이 우물 앞에서 가볍게 발을 한번 구르는 순간, 여실히 드리났다.

쿠르릉―!

우물 옆의 수풀 사이가 갈라지면서 성인 남성 하나가 겨우 드나들 수 있는 좁은 폭의 입구가 모습을 드러냈다.

'저건!'

그림자 속에 숨어 있던 단무린의 눈이 커졌다.

설마 우물 옆에 저런 게 숨겨져 있었다니.

그제야 우물로서의 가치가 전혀 없음에도 여태까지 신마정이 줄곧 방치된 까닭이 무엇인지 확실히 알 수 있었다.

단무린이 놀라는 사이, 바닥 위로 모습을 드러낸 입구를 바라보던 이신의 입꼬리가 소리 없이 올라갔다.

'다행히 예전 그대로군.'

겉보기엔 그냥 발을 구른 것 같지만, 사실 이신은 발을 구름과 동시에 소량의 진기를 특별한 구결로 운용해서 바닥에다 방사했다.

이것이야말로 신마정의 숨겨진 기관 장치를 발동하기 위한 열쇠이자 암호였던 것이다.

이신이 처음 이 암호에 대해서 알게 된 것은 지금으로부터 사오 년 전.

그때 암호를 가르쳐 준 당사자, 천마가 말했다.

혹 자신에게 볼일이 있다면 언제든 이곳을 통해서 찾아오라고.

덕분에 이신은 공식적인 자리 외에도 비공식적으로 종종 천마를 찾아가서 막혀 있는 초식의 해결책이나 다음 단계로 오르기 위해서 필요한 수련법이나 마음가짐 등에 대한 조언을 받을 수 있었다.

실상 그의 사부, 종리찬이 기껏해야 초절정 고수였음에도 제자인 이신이 무려 입신경에 도달하는 것도 모자라서 자유자재로 심상경의 초식을 구사할 수 있는 것도 바로 천마의 가르침이 밑바탕이 되었기 때문이다.

종리찬이 뿌리를 키워줬다면, 천마는 줄기와 가지를 자라게 해줬다고 해도 과언이 아니었다.

그렇기에 무려 일 년여 만에 다시 신마정의 비밀 통로를 마주하게 된 이신의 감회는 사뭇 남달랐다.

감회에 젖는 것도 잠시, 이신은 곧바로 통로로 들어섰다.

총 백여덟 개로 이루어진 가파른 경사의 돌계단을 내려가자 이내 끝을 알 수 없는 기다란 복도가 그를 반겼다.

복도를 보자마자 이신은 뇌까렸다.

"간만의 비마도군."

[비마도라면…….]

외부에는 잘 알려져 있지 않지만, 만약의 사태를 대비해서 마교 총단 전체에 거미줄처럼 쫙 깔려 있는 비밀 통로가 존재한다.

그게 바로 비마도(秘魔道)였다.

하나 근 백여 년간 마교 총단이 외적에 의해서 공격받았던 일 자체가 거의 전무했던 터라 한동안 그 존재가 모두의 뇌리에서 까맣게 잊혀졌다.

그런 전설로만 전해지던 비마도를 실제로 보게 될 줄이야.

[그럼 신마정은……?]

"비마도의 입구 중 하나지. 그 외에도 더 존재한다고 하지만, 거기까진 나도 아직 잘 모른다. 그래서……."

이신은 잠시 뜸을 들인 후 말했다.

"널 이곳으로 데려온 거지."

[음!]

단무린은 이신의 말을 얼추 알아들었다.

진야환마공은 그림자를 비롯해서 모든 어둠에 동화될 수 있는 절학이었다.

그런 진야환마공이라면 비마도 내부 구조도 금세 파악할 수 있을 것이다.

지금도 대략적인 구조도가 단무린의 머릿속에서 만들어지고 있었다.

하지만 단순히 구조도만 만드는 데서 그치지 않았다.

천마를 조심하라는 환마종주의 경고.

그것이 액면 그대로 천마 자체를 조심하라는 것인지 아니면 이번 만남 뒤에 감춰진 함정을 조심하라는 것인지는 잘 모르겠으나, 대비는 해둘 필요가 있었다.

때문에 단무린은 곧바로 비마도의 어둠에 녹아들어서 내부

구조를 파악함과 동시에 여차하면 이신과 함께 탈출할 수 있는 최적의 경로 역시 머릿속으로 그리기 시작했다.

참으로 듬직한 부하가 아닐 수 없었다.

덕분에 탈출 경로에 대한 고민은 어느 정도 덜어낸 상태로 이신은 비마도를 천천히 걷기 시작했다.

목적지는 천마전.

남들보다 하루 먼저 천마군림진 안으로 들어가는 셈이었다.

하나 그렇다고 해서 비마도가 마냥 안전한 곳이냐면 꼭 그렇지 않았다.

중간에 뜬금없이 나타난 석벽이 그중 하나였다.

[관문인가요?]

단무린의 물음에 이신이 고개를 끄덕였다.

"비마도는 마교 전체에 뻗어 있는 지름길 같은 거니까. 이런 식의 잠금장치는 마련해 둬야지."

말하면서 이신은 석벽 옆의 탁자에 놓여 있는 석판 위로 손을 가져갔다.

차가운 돌의 감촉과 함께 희미한 기운이 이신의 몸 안으로 침투해 왔다.

이신은 기운을 강제하고 가만히 관조하기만 했다.

그렇게 간단하게 일주천을 마친 기운은 다시금 석판으로 되돌아갔고, 이내 변화가 일어났다.

쿠르르르릉—!

천년 암석처럼 꿈쩍도 하지 않을 것 같던 석벽이 저절로 올라가기 시작했다.

그렇게 석벽을 통과한 이신에게 단무린이 물었다.

[좀 전의 그 석판은 뭡니까?]

환마종 출신답게 단무린은 기관 장치에 대한 지식도 어느 정도 있었다.

하나 조금 전과 같은 식의 장치는 난생처음 보는 것이었다.

그의 궁금증을 풀어주듯 이신이 말했다.

"저 문은 미리 등록된 자의 기운을 인식해서 자동으로 열어주는 기관 장치다. 석판은 그걸 확인하는 장치이고."

[용케 그런 게 가능하군요.]

"네 재주에 비하면야 훨씬 현실적이지."

모든 어둠과 동화될 수 있는 단무린의 능력은 가히 사기에 가까웠다.

환술을 넘어서 이제 현실과 공상의 경계마저 허문 지 오래인 그였다.

막말로 그가 피하고자 하면 누가 그를 잡을 수 있을까?

이환성 정도의 괴물이 아니라면 무리였다.

그렇기에 이신의 핀잔에 단무린은 슬쩍 화제를 돌렸다.

[한데 꼭 반드시 이런 번거로운 방식을 거쳐야 합니까?]

강기로도 쉬이 자르기 어렵다는 기물, 만년한철이 아니고서
야 이신의 실력이라면 충분히 석벽을 힘으로 부수고도 남았다.

달리 말하자면 굳이 이런 종류의 관문이 있을 필요가 있냐
는 물음이기도 했다.

이신이 말했다.

"물론 가능이야 하겠지. 단지 그 뒷수습이 문제일 뿐이지만."

[뒷수습이요?]

단무린의 반문에 이신은 천장과 바닥, 그리고 좌우의 벽을
차례로 가리켰다.

자세히 보니까 거기에는 미세한 바늘구멍 같은 것이 무수
히 나 있었다.

억지로 석벽을 부수고 들어간다면 그 즉시 침입자를 향해
서 독침이 발사되는 구조의 장치였다.

만약 금강불괴에 만독불침의 경지에 이른 고수가 아니라면,
결코 죽음을 피할 수 없는 무서운 기관 장치였다.

그걸 보고나자 뒷수습이 문제라는 이신의 말이 바로 이해
되었다.

[참으로 철저하군요.]

당연히 그럴 수밖에 없었다.

비마도는 마교 전체에 뻗어 있을 뿐만 아니라 무려 천마전
으로까지 연결되어 있었다.

행여 비마도의 존재를 눈치챈 침입자가 함부로 이용한다면 곤란했다.

그렇기에 관계자 외에는 철저히 출입을 통제하는 방식을 고수하는 건 당연한 일이었다.

앞서 이신에게 전한 전언에서 정오라는 시간을 굳이 언급한 것도 그 때문이었다.

만약 정해진 시간 외에 비마도에 발을 들였다면 그 즉시 침입자 퇴치용 기관 장치가 발동했을 것이다.

이에 내심 혀를 내두르는 한편, 단무린은 한 가지 의문이 들었다.

'정말로 천마가 함정을 파냈다면 굳이 천마전으로 형님을 끌어들일 필요가 있었을까?'

만약 자신이라면 차라리 천마전이 아닌 이곳 비마도에서 이신을 처리하는 쪽을 택할 것이다.

그편이 훨씬 손쉽고 남들의 이목을 신경 쓸 필요도 없었을 테니까.

천마도 머리가 있다면 그 정도는 잘 알고 있을 것이다.

그럼에도 왜 굳이 번거로운 길을 택했을까?

쉬이 답이 나오질 않았다.

의문이 깊어지는 가운데, 문득 이신이 말했다.

"다 왔군."

어느덧 그들은 비마도의 끝에 와 있었다.

더 이상의 길은 없었다.

한데 정작 출구는 어디에도 보이지 않았다.

[이제 어디로 가야 하죠?]

의아함 가득한 단무린의 물음에 이신은 의미심장한 미소를
지었다.

"이미 말했잖느냐. 다 왔다고."

[그게 무슨……]

끼리리릭―!

단무린의 전음이 채 끝나기도 전이었다.

웬 톱니바퀴 돌아가는 소리가 들려왔다.

그러더니 두 사람이 서 있는 바닥이 저절로 위로 부상하기
시작했다.

'이건!'

단무린의 눈이 휘둥그레졌다.

사람이 올라서면 바닥이 자동으로 움직여서 부상하는 기
관 장치라니.

실로 혁신적이었다.

[도, 도대체 누가 이걸 만든 겁니까?]

그 어느 때보다 흥분한 단무린의 물음에 이신이 말했다.

"황금수 석송이라고 알지?"

[그야 당연하죠.]

그는 석가장의 전대 장주이자 무림 최고의 거부였다.

호사가들은 그의 재산 중 일부만 손에 넣어도 능히 성 하나를 살 수 있다고 할 정도로 그의 재력은 방대했다.

하나 정작 석송을 유명케 한 것은 따로 있었다.

—황금총(黃金塚).

석송이 만든 거대한 무덤이자 그의 전 재산이 보관되어 있는 비밀 창고였다.

노환으로 병상에서 골골거리고 있을 때, 그는 모든 일가 친적들이 보는 자리에서 말했다.

자신의 재산을 원한다면, 황금총을 찾으라고.

그곳에 모든 석가장의 재보를 숨겨놨고, 딱히 주인은 정해져 있지 않다고 선언했다.

이른바 황금총 사건의 발단이었다.

황금총은 그 안에 숨겨진 막대한 재보도 재보지만, 뭣보다 재보를 지키는 기관 장치들이 하나같이 위험천만하고 잔혹하기로 유명했다.

덕분에 무공의 고하를 가릴 것 없이 무수히 많은 자가 황금총의 기관 장치에 의해서 유명을 달리했다.

그 숫자는 가히 숫자로 헤아리기 어려울 지경이었다.

때문에 혹자들은 황금총이 아니라 아예 혈금총(血金塚)이라
고 바꿔 부를 정도였다.

그리고 마교인에 한정해서 황금총은 조금 다른 의미로도
유명했다.

세상 사람들은 잘 모르겠지만, 석송의 무덤인 황금총을 제
작한 사람도 다름 아닌 마교의 전대 총사였던 마뇌다.

집요하다 싶을 만큼 사람의 목숨을 앗아가는 죽음의 기관
장치 하나하나가 모두 그의 손끝에서 탄생한 것이다.

[설마 이 기관 장치도…….]

이신이 고개를 끄덕였다.

"황금총과 마찬가지로 이곳 비마도 역시 전대 총사였던 마
뇌 어르신의 손길이 닿았지."

[아아, 역시……!]

앞서 석벽도 그렇고, 지금의 부상 장치 역시도 마뇌의 솜씨
라면 확실히 식은 죽 먹기일 것이다.

단무린이 연신 감탄하는 가운데, 이신이 말했다.

"슬슬 범의 아가리에 머리를 집어넣을 시간이구나."

[으음!]

그 말에 단무린은 찬물이라도 끼얹은 것처럼 정신이 번쩍
들었다.

'지금부터구나.'

천마가 준비한 함정.

그것이 뭔지는 끝내 파악하지 못했다.

적에 대해서 모르는 것만큼 불리한 것은 없다.

하나 저쪽도 완전히 이쪽에 대해서 안다고는 볼 수 없는 노
릇.

거기에 승부를 걸어야 했다.

쿵!

그와 동시에 끝없이 위로 올라가던 바닥이 드디어 멈추었다.

그리고 누군가가 그들을 기다리고 있었다.

"다행히 늦지 않고 왔군. 실로 오랜만에 보는군."

그들을 기다리고 있는 것은 화려한 흑의 장삼 차림의 중년
인이었다.

그리고 그를 보자마자 이신은 한쪽 무릎을 꿇으면서 말했다.

"만마의 주인을 뵙습니다."

그의 인사에 흑의 중년인, 천마의 입꼬리가 올라갔다.

第二章
천마(天魔)

　이신이 지금껏 살아오면서 만났던 이들 중에 종주라고 불릴 만한 자는 단 세 명뿐이었다.

　첫 번째는 천사련의 기틀을 마련하고 당당히 사파의 거두로 우뚝 선 불세출의 고수, 흑마신 좌무기였다.

　두 번째는 우내삼신이라 불리는 아버지 도존의 뒤를 이어서 당당히 백염도제라는 칭호를 얻은 무림맹주 탁염홍이었다.

　그리고 마지막 세 번째가 바로 눈앞의 천마 담무광이었다.

　세 명 다 각자 소속된 단체만큼이나 그 기질이 천차만별이었다.

흑마신은 불에 비유할 수 있었다.

걷잡을 수 없는 불길처럼 성미가 폭급하고 과감한 면이 많았으나, 때로는 그 과감함을 역이용해서 상대의 뒤통수를 후려치는 교활함도 엿보였다.

반면 백염도제는 물에 비유할 수 있었다.

평소에는 고요하게 흐르는 시냇물처럼 인자하고 조용한 그이지만, 분노할 때는 거센 해일처럼 모든 것을 쓸어버리는 단호함이 엿보였다.

이렇듯 상반되는 기질만큼이나 두 사람은 물과 기름처럼 서로 섞이려야 섞일 수 없는 사이였다.

원래라면 그럴 것이다.

하나 때때로 불과 물이 하나가 되는 기적적인 순간도 있게 마련이었다.

천마라는 이름의 넘을 수 없는 거대한 산과 마주할 때 그러했다.

산.

천마라는 인간을 표현할 때마다 빼먹지 않고 나오는 단어였다.

산은 결코 움직이지 않는다.

그저 그 자리에 묵묵히 존재할 따름이다.

그럼에도 그 거대한 존재감을 만천하에 피력하고, 어쩔 때는 경외심마저 불러일으킨다.

당대의 무림에서 천마가 차지하는 위치와 존재감 또한 그러했다.

그런 자와 한 공간에 있다는 것만으로도 그 거대한 존재감에 질식하고 압도당하는 게 정상이거늘, 정작 이신의 표정은 평소와 다를 바 없었다.

오히려 그의 그림자 속에 숨어 있던 단무린의 표정이 일그러졌다.

'크윽, 어, 엄청난 기파······!'

천마의 기파는 단순한 사물을 넘어서 환술에까지 영향을 미칠 정도로 막강했다.

그 때문에 그가 은신하고 있는 그림자가 조금씩 미세하게 흔들거리기 시작했다.

이에 이신은 천천히 배화공의 진기를 운기하였다.

그러자 홍수처럼 밀려오던 천마의 기파가 좌우로 갈라졌고, 그림자의 진동도 금세 멎어들었다.

이에 천마의 입꼬리가 슬그머니 올라갔다.

그것만 봐도 그가 이미 처음부터 단무린의 존재에 대해서 눈치챘음을 알 수 있었다.

하나 이신이나 천마나 그에 대해서 별다른 말을 하지 않고 넘어갔다.

중요한 건 그게 아니었으니까.

"자네, 벽을 넘어섰군."

예전만 하더라도 배화공의 공능으로 내력만 입신경에 준할 뿐, 무위 자체는 화경급에 불과한 이신이었다.

때문에 천마와 마주할 때면 항상 그의 기파에 눌리지 않으려고 필사적으로 저항하기 바빴다.

하지만 지금의 이신은 달랐다.

그는 마치 버들가지처럼 천마의 기파를 옆으로 흘려 버렸다.

거기다 수하인 단무린이 힘들어하자 그가 천마의 기파에 억눌리지 않게 도와주기까지 하다니.

이신의 무위 자체가 예전과 비교할 수 없을 만큼 높아졌다는 증거였다.

더욱이 이신은 마교를 떠난 지 불과 일 년도 채 안 되었다.

고작 그 정도 시간 만에 화경급의 고수가 입신경의 고수로 탈바꿈하다니.

천마 입장에서 보더라도 실로 경이로운 성장 속도가 아닐 수 없었다.

"언젠가 넘어설 줄 알았지만, 설마 벌써 그리 되다니. 실로 놀랍군."

천마의 칭찬에 이신은 덤덤한 표정으로 답했다.

"교주님에 비하면 아무것도 아닙니다."

이신의 말은 단순한 겸양이 아니었다.

지금 천마는 기파를 완전히 안으로 갈무리한 상태였다.

아까 전까지 그의 기파가 방 안 전체를 가득 채운 게 거짓말처럼 느껴질 정도였다.

이는 완전히 자신의 기운을 통제할 수 없다면 불가능한 일.

이신조차 아직 완전히 자신의 기운을 장악했다고 보기 어려운 단계였던 터라 더더욱 그 차이를 실감했다.

순간 이신은 생각했다.

'만약 부딪친다면 얼마나 버틸 수 있을까?'

문득 그런 생각이 뇌리에 떠오른 것은 그저 우연이 아니었다.

환마종주의 경고.

그 경고를 상기하다 보면 저도 모르게 지금의 자신과 기억 속의 천마를 비교하게 되게 마련이었다.

그리고 내내 생각만 하다가 직접 이렇게 천마와 마주하게 된 순간, 이신은 깨달았다.

이전보다 천마라는 이름의 산이 더 울창하고 광대해졌음을.

지난 일 년 동안 발전한 것은 비단 이신 혼자만이 아니었던 것이다.

'쉽지 않겠군.'

막 그리 생각하고 있을 때, 천마가 불쑥 입을 열었다.

"이제 쉴 만큼 쉬었지?"

두서없는 그의 말에 이신의 표정이 살짝 굳어졌다.

묵룡대주 임사군을 통해서 전해진 밀지.

거기에 적혀져 있던 '귀환'이라는 두 글자가 다시금 뇌리로 떠올랐다.

동시에 천마가 말했다.

"그만 원래의 자리로 돌아와 주게."

단도직입적인 천마의 말에 이신은 내심 고개를 내저었다.

'예나 지금이나 변함없으시군.'

확실히 천마답다고 해야 할까?

하긴 이신으로서도 괜히 있는 말, 없는 말을 해가면서 공연히 아까운 시간을 지체하는 것보다 지금처럼 직설적으로 말하는 편이 훨씬 나았다.

'원래의 자리라.'

혈영대주로의 복귀.

참으로 달콤한 말이었다.

만약 그리한다면 곧바로 정마대전의 영웅으로서 추앙받을 것이요, 마음만 먹으면 천마의 든든한 수족으로서 안정된 삶을 영위할 수도 있을 것이다.

하지만 이신은 고개를 내저으면서 말했다.

"죄송합니다. 아직 해야 할 일이 남아 있습니다."

유가장의 재건.

비록 제갈세가의 지원과 중원표국과의 반강제적인 협력으로 어느 정도 포목 사업이 궤도에 오르긴 했으나, 그렇다고 해서 완전히 과거의 성세를 다 회복한 게 아니었다.

무한을 넘어서 호북 전체에 유가장의 이름을 알리려면 좀 더 많은 시간이 필요했다.

거기다 결정적으로 유세화를 노리고 있는 암중세력, 흑월이 문제였다.

그들을 완전히 뿌리 뽑기 전까지는 유세화의 안전은 보장할 수 없었다.

그렇기에 정중히 제안을 거절한 것인데, 그럼에도 천마는 쉬이 포기하지 않았다.

"남은 일이야 여기에서 마저 이어나가면 될 일 아닌가."

그 말이 이신의 귀에는 마치 왜 쉬운 길을 마다하고, 굳이 어려운 길로 가려고 하느냐는 식으로 들렸다.

영 틀린 말은 아니었다.

현실적으로 유가장의 영호검주로서보다 마교의 혈영대주로서 할 수 있는 일이 더 많았다.

하나 마냥 득만 있는 게 아니었다.

흑월은 이미 무림맹과 천사련을 넘어 심지어 마교 안까지 깊숙이 침투한 상태였다.

사마결의 진두지휘 아래 묵룡대가 은밀히 그 동향을 추적하고 있다지만, 기껏해야 겉으로 드러난 꼬리를 찾는 데서 그칠 뿐이었다.

거기다 혈영대주로서 복귀할 경우, 이신은 각종 임무 수행이나 사마결 등의 견제에 의해서 지금보다 운신의 폭이 훨씬 좁아질 가능성이 높았다.

그래서는 곤란했다.

흑월은 무림 전역에 뿌리내린 점조직이었다.

한곳에 붙잡힌 채로 그들의 꼬리를 잡기란 불가능했다.

차라리 지금처럼 자유로이 행동하는 편이 더 나았다.

이에 이신은 문득 한 가지 사실을 깨달았다.

이상하게도 천마는 어떻게든 이신을 붙잡아 두려고 하는 눈치였다.

'무엇 때문에?'

굳이 천마 정도나 되는 자가 뭐가 아쉽다고 이신을 붙잡아야 할까?

그의 주변에는 이신 정도는 아니지만, 충분히 고수라 불릴 만한 자들이 즐비했다.

굳이 이제 와서 이신을 고집할 필요가 없었다.

한데도 왜 이신에게 자꾸 돌아오라고 강요 아닌 강요를 반복하는 것일까?

실로 천마답지 않았다.

적어도 그가 아는 천마라면 맺고 끊음이 분명하고, 구태여 이처럼 잔말을 더하지 않았다.

'뭔가 이상해.'

그러자 자연스레 천마를 조심하라는 환마종주의 경고가 자꾸만 뇌리에서 메아리쳤다.

동시에 이신의 눈에 점차 의심의 불씨가 피어오르기 시작했다.

그런 그의 반응에 천마의 입꼬리가 올라갔다.

평소에 자주 짓던 자신만만한 미소가 아니었다.

뜻밖에도 그것은 쓴웃음이었다.

"역시 자네도 이상하게 여기는군."

"……?"

천마의 말은 실로 묘했다.

마치 이신 외의 다른 사람에게도 이와 같은 제안을 해봤다는 투가 아닌가.

이어서 천마가 말했다.

"사마결, 그자를 본좌의 수하라고 생각하는가?"

"아닙니까?"

이신의 반문에 천마가 침울한 표정으로 고개를 가로저었다.

"아닐세. 그는 본좌의 수하가 아니네. 오히려 본좌를 이곳 천마군림진이라는 감옥 안에 가둬둔 장본인이지."

"……!"

믿을 수 없는 사실 앞에 이신의 눈이 일순 휘둥그레졌다. 그의 발아래 그림자도 미세하게 떨렸다.

채 놀라움을 진정시킬 새도 없이 천마의 말이 계속 이어졌다.

"그뿐만이 아닐세. 그는 본좌의 밀지라는 식으로 속여서 자네를 이곳으로 불러들이기까지 했지."

"어째서?"

이신의 물음은 많은 의문을 함축하고 있었다.

대관절 사마결이 무슨 연유로 오랫동안 섬기고 있던 천마를 배신하는 것도 모자라서 자신을 이곳까지 불러들인 것인가?

도통 이유를 짐작할 수 없었다.

하나 개중에서도 가장 의아한 사실은 왜 천마가 이런 신세로 전락하고 말았냐는 것이다.

'설마……?'

이신의 눈이 순식간에 백광으로 물들었다.

배화공의 진기를 운용한 것이다.

그 상태로 천마를 찬찬히 살펴보는 순간, 이신은 할 말을 잃고 말았다.

'이, 이럴 수가!'

앞서 이신은 천마가 자신의 기파를 완전히 갈무리한 것으로 생각했다.

하나 그건 착각이었다.

지금 천마의 몸에서는 터럭만큼의 내력조차 느껴지지 않았다.

'이게 어찌 된 일이지?'

무슨 밑 빠진 독도 아니고, 그 막대한 양의 진기가 다 어디로 사라졌다는 말인가?

그런 이신의 의문에 답하듯 때마침 천마가 말했다.

"금제일세."

"금제라고요?"

천마의 내력을 봉할 정도의 금제라니.

그런 게 세상에 존재한단 말인가?

이에 천마는 쓴웃음을 지으면서 소맷자락을 걷어붙였다.

그러자 그의 팔목에 웬 거무튀튀한 팔찌가 채워진 게 보였다.

"그건?!"

"반마환(反魔環)이라는 물건일세."

대대로 마교의 중죄인이나 주화입마로 폭주하는 마인을 제압하기 위한 용도로 만들어진 기물이었다.

그 공능은 천마의 내력이 모조리 금제된 것만 봐도 여실히 알 수 있었다.

천마가 자조 어린 표정으로 말했다.

"후후후, 설마 이걸 본좌가 직접 차게 될 줄은 꿈에도 몰랐군."

"즉시 해체해 드리겠습니다."

이신이 곧바로 반마환을 두 손으로 잡고 비틀려고 하자 천마가 고개를 내저었다.

"소용없네. 이건 만년한철과 현철을 섞어서 만든 걸세. 암만 자네가 내력을 퍼부어도 부서지기는커녕 오히려 충격을 흡수할 걸세."

"그럼 어찌……?"

"사마결에게 열쇠가 있다네. 그걸 찾아와서 잠금장치를 풀면 되… 쿠, 쿨럭! 쿨럭!"

천마가 말하다 말고 연신 기침을 토해냈다.

그냥 기침이 아니었다.

무려 검붉은 혈전이 섞인 기침이었다.

이제 보니 천마는 단순히 내력만 금제당한 게 아니라 적잖은 내상까지 입었던 것이다.

이신이 부축하려고 하자 천마가 그의 손길을 뿌리치면서 말했다.

"꽤, 괜찮네⋯⋯. 오랜만에 무리해서 그런 것뿐이니까."

"역시 처음의 기파는⋯⋯."

아마도 있는 내력 없는 내력 다 쥐어짜낸 것이리라.

만약 천마가 아닌 다른 이었다면 그조차 불가능했을 테고.

"그, 그보다도 자네에게 할 말이 있네."

"하명하십시오."

이신은 귀를 쫑긋 세웠다.

지금 당장 사마결을 잡아오라고 명령한다면, 그리할 용의가 있었다.

하나 정작 천마의 입에서는 전혀 뜻밖의 말이 튀어나왔다.

"연이는 아직 살아 있네."

순간 이신의 눈이 휘둥그레졌다.

담소연.

천마의 막내딸이자 일공자 담천기의 동생인 그녀의 비극적인 죽음은 그야말로 정마대전의 불씨를 지핀 시발점이었다.

한데 그녀가 죽지 않고 살아 있다고?

"⋯정말입니까?"

차마 믿기 어렵다는 이신의 반응에 천마는 무겁게 고개를 끄덕였다.

그러고는 그를 이해한다는 듯한 말투로 말했다.

"당장 받아들이는 게 무리라는 건 알고 있네. 본좌 역시 처음에는 믿기 어려웠으니까. 하지만… 이것 하나만큼은 본좌의 이름을 걸고 보장하지. 연이는 틀림없이 아직도 살아 있네."

"어찌 그런 일이……."

담소연이 살아 있다.

그 사실 하나만으로도 지금의 국면 중 많은 부분이 해소될 수 있었다.

하나 다소 의문인 부분도 적잖았다.

정말로 담소연이 죽지 않았다면, 왜 당시의 사람들은 그녀가 죽었다고 단정 지었던 걸까?

심지어 그녀의 오라버니인 담천기조차 그녀의 죽음을 인정했다. 당시의 그는 직접 담소연의 시체를 살펴보기까지 했다.

거기다 일반적으로 시체가 들어오면 정확한 사인과 사망 시각을 알아보기 위해서 정밀한 부검에 들어가게 마련이었다.

그 결과, 당시 그녀의 몸에서 남궁세가의 검공만이 가지고 있는 특유의 검흔과 흑룡방이 자랑하는 쇄혼수의 흔적이 함께 발견되었다.

이에 부검에 의해서 밝혀진 사망 시각을 근거로 조사해 보니 정말로 그 시각에 남궁세가와 흑룡방의 무리가 담소연을 덮쳤다는 정황 역시 포착되었다.

당시 남궁세가와 흑룡방에서는 극구 혐의를 부인했지만, 정황이나 증거가 너무 명확해서 어느 누구도 그들의 말을 믿지 않았다.

한데 알고 보니 그 모든 게 사실이 아니었다?

꽤나 충격적인 터라 이신은 잠시 아무 말도 못 했지만, 곧 가까스로 정신을 차린 뒤 무심코 넘어갈 수 있는 부분을 콕 집어서 말했다.

"교주께선 어떻게 그 사실을 알고 계신 겁니까?"

이신의 물음에 천마는 깊게 한숨을 내쉬었다.

"자네, 그때 기억하나? 거짓 정보에 본교의 주요 고수들이 모두 빠져나가고, 자네와 자네 수하들만 남았을 때 말이네."

"…기억합니다."

이신의 표정이 살짝 굳어졌다.

그날 이신과 혈영대는 목숨을 바쳐서 동심회 고수들의 기습을 막아냈다.

안 그랬다면 마교는 그대로 주요 거점을 잃었을 것이고, 전황은 급속도로 동심회에 유리한 방향으로 치달았을 가능성이 높았다.

어쩌면 마교가 봉문하는 방향으로 정마대전이 끝났을 수도 있다.

그 모든 게 이신과 혈영대의 활약 덕분이었지만, 정작 이신은 그때의 기억이 마냥 좋지만은 않았다.

이신과 다섯 조장을 제외한 모든 혈영대가 장렬하기 짝이 없는 최후를 맞았기 때문이다.

애써 잊고 있던 그때의 기억을 굳이 다시 언급하는 이유가 뭘까?

그 이유는 곧 이어지는 천마의 말을 통해서 알 수 있었다.

"그때 본좌와 중진들은 뒤늦게 그게 함정이라는 걸 알고 서둘러 회군하려고 했지만, 느닷없이 그 앞을 가로막는 자들이 있었지."

그들은 하나같이 검은 천으로 몸을 가린 복면인 무리였는데, 놀랍게도 그 한 명 한 명이 마교 중진급 고수들에게 육박할 만큼 무공이 고강했다.

거기다 따로 진법 같은 것도 수련한 듯 생각보다 오랫동안 천마 일행의 발목을 붙잡았다.

혈영대가 거의 전멸한 다음에야 그들이 본진에 돌아온 데에는 그러한 뒷사정이 있었던 것이다.

"어디서 그런 자들이 나왔는지는 모르겠네. 당시에는 동심회에서 숨겨둔 비밀 병기인가 싶었는데, 지금 와서 생각해 보면 그들이 그 정도의 전력을 몰래 키울 만한 여유가 있을 리 없었지."

필시 제삼의 세력이었지만, 당시에는 그런 이성적인 판단을 할 수 있을 리 없었다.

"한참 그들을 상대하던 와중이었네."

복면인 가운데서 유독 중진들을 위협하는 실력의 복면인이 있었다.

놔두었다간 그들에게 중진들이 당할 느낌이었다.

이에 천마가 직접 나서서 상대했는데, 마도의 종주라는 위상에 걸맞게 그는 실로 압도적인 격차로 복면인을 밀어붙였다.

처음과 달리 수세를 면치 못하던 복면인은 끝내 그의 공격에 맞고 나가떨어졌다.

그 과정에서 쓰고 있던 복면이 벗겨지고 말았는데, 재차 공격을 이어가려던 천마는 경악을 금치 못했다.

완전히 드러난 복면인의 이목구비는 그의 기억 속에 존재하는 누군가와 완전히 일치했다.

바로 죽은 막내딸 담소연과 말이다.

순간 착각인가 싶었지만, 어찌 아버지로서 딸의 얼굴을 못 알아볼 수 있겠는가?

혹시나 싶어서 다시 자세하게 살펴보려고 했지만, 다른 복면인들이 그녀를 데리고 급히 철수하는 바람에 미처 그럴 수가 없었다.

그게 계기였다.

어쩌면 담소연이 죽지 않았을지도 모른다는 생각이 천마의 뇌리에 자리 잡기 시작한 것은.

"장사평에 휴전하고 다시 본교의 총단으로 돌아온 날, 본좌는 남몰래 찾아갔다네. 연이의 무덤에."

의심이 깊어지면 질수록 직접 눈으로 진실을 확인하고 싶어지는 것이 인간의 심리였다.

하물며 죽은 딸이 어쩌면 살아 있을지도 모른다는데 어찌 아버지로서 가만히 있을 수 있으랴.

"처음에는 본좌도 반신반의했지. 혹시 괜한 착각이면 어쩌나. 공연히 영면에 든 아이를 두 번 괴롭히는 건 아닌가 하고 말이지."

이신은 말없이 고개를 끄덕였다.

자신이 천마의 입장이었다고 해도 분명 망설였으리라.

"…하나 결국 본좌는 무덤을 파는 것도 모자라서 관까지 꺼냈다네. 거기에 뭐가 있었는지 아나?"

"……."

이신은 뭐라 답하지 않았지만, 곧 이어질 천마의 말이 얼추 예상되었다.

천마는 다시 생각해도 어처구니가 없다는 표정으로 말했다.

"달랑 수의 한 벌만 있더군."

정작 담소연의 시체는 어디에도 없었다.

일말의 의심이 확신으로 뒤바뀌는 순간이었다.

"본좌는 당장 고루마종을 찾아갔다네."

고루마종은 강시를 만드는 데 전문화된 곳이니만큼 시체의 부검 역시도 도맡고 있었다.

물론 마지막으로 담소연의 시체를 부검한 곳도 그곳이었다.

천마는 끓어오르는 분노를 미처 억누르지 못한 채, 담소연의 시체를 부검했던 책임자를 당장 끌고 오라고 고루마종주에게 닦달했다.

하나 그의 뜻은 이뤄지지 않았다.

"놈은 이미 자신의 처소에서 숨이 끊어진 상태였네. 자살로 위장했지만, 누가 봐도 엄연히 타살이었지."

"전형적인 꼬리 끊기군요."

이신의 대꾸에 천마는 고개를 끄덕였다.

"그때 본좌는 처음으로 깨달았다네. 이건 결코 개인의 소행이 아니라고. 더불어 알 수 없는 쥐새끼들이 본교에 그득하다는 것 역시도."

천마가 고루마종주를 찾아가자마자 부검 책임자는 자신의 방에서 살해당했다.

그 말은 마교 전체에 그들만의 독자적인 정보망이 형성되었다고 밖에는 볼 수 없었다.

그 순간, 이신의 눈이 빛났다.

'흑월이군.'

그들 외에는 달리 없었다.

앞서 복면인들 이야기가 나왔을 때부터 얼추 감이 왔었는데, 혹시나가 역시나였다.

천마는 이를 빠득 갈면서 말했다.

"흑월, 모든 게 그 빌어먹을 놈들의 소행이라는 것을 알았을 때, 본좌는 아예 본교를 뒤집어엎으려고 했네."

당연한 반응이었다.

아끼는 막내딸이 행방불명되는 것도 모자라서 마교 전체에 웬 이상한 놈들이 침투한 상황인데, 어찌 가만히 있을 수 있겠는가.

하나 천마는 차마 그리하지 못했다.

"사마결, 그놈이 필사적으로 말리더군. 그건 하책 중의 하책이라고."

이신은 묵묵히 고개를 끄덕였다.

차마 동의하기 싫지만, 냉정하게 따지자면 사마결의 말 자체는 옳았다.

실제로 천마가 피의 숙청을 거행한다면 당장 치밀어 오르는 분이야 어느 정도 풀리겠지만, 대신 그리 되면 흑월은 더욱 깊숙이 모습을 감출 것이다.

그럼 복수 자체가 불가능해진다.

작은 것을 취하려다가 졸지에 더 큰 것을 놓치게 되는 꼴이다.

그런 가운데, 천마의 말이 이어졌다.

"그러면서 덧붙이더군. 괜히 타초경사의 우를 범하지 말고, 차라리 이참에 그들을 철저히 발본색원하자고."

발본색원.

참 좋은 말이었다.

하지만 동시에 한 가지 간과해서는 안 되는 위험성 역시 내포한 말이기도 했다.

이어지는 천마의 말이 그걸 증명했다.

"본좌는 놈에게 모든 전권을 일임했네. 반드시 찾아내서 본교에 잠복한 흑월 세력을 모조리 발본색원하라고. 한데 놈은 그걸 엉뚱한 곳에다 쓰기 시작하더군."

처음에는 눈치채지 못했다.

하지만 어렴풋이 변화를 눈치채게 된 계기는 어느 순간부터 자신보다 총사의 눈치를 은연중에 더 살피는 중진들의 모습을 보면서였다.

알고 보니 사마결은 수사를 명목 삼아 각 중진들의 약점이나 치부를 모조리 수집하기 시작했다.

개중에는 그들의 지위 자체에 타격을 줄 만한 치명적인 정보도 상당수 포함되어 있었기 때문에 중진들이 사마결의 눈치를 살피는 것도 무리는 아니었다.

천마가 사뭇 허탈하다는 표정으로 중얼거렸다.

"본좌의 실수였지. 복수에 눈이 어두워서 그만 믿는 도끼에 발등이 찍히고 만 셈이지."

그래도 아직 완전히 다 늦지는 않았다고 여겼다.

정치적으로 사마결이 어떤 우위를 차지하고 있다고 한들, 결국에 가장 중요한 것은 본신의 무위였으니까.

그 점에 한해서 천마는 누구보다도 자신이 있었다.

그는 마도의 종주이자 마교의 최고수였으니까.

하나 미처 예상치 못한 변수가 발생했다.

망혼초에 의한 중독!

그 때문에 천마는 자신의 의지와 상관없이 의식을 잃었고, 다시 정신을 차렸을 때 그의 팔목에는 이미 반마환이 강제로 장착된 뒤였다.

제대로 손도 쓰지 못하고 당하고 만 셈이었다.

천마가 침울한 표정으로 말했다.

"이제 알겠나? 처음에 사마결 그놈이 본좌의 수하가 아니라고 말한 이유가 무엇인지."

"…한 가지는 분명히 알겠군요."

쭉 천마의 이야기를 듣거나 간단히 한두 마디 대꾸하는 게 다였던 이신이 처음으로 길게 말했다.

그의 눈은 어느새 차가워져 있었다.

"연이, 그 아이에 관한 거 말고는 다 거짓이라는 것을."

"뭣, 크윽!"

말하다 말고 순간 천마의 몸이 빠르게 뒤로 물러났다.

그러자 좀 전까지 그가 서 있던 자리를 촉수 같은 것이 마구 휘젓고 지나갔다.

단무린의 진야환마공이었다.

뒤로 물러난 천마의 표정이 사뭇 묘했다. 그런 그를 바라보는 이신의 입꼬리가 올라갔다.

"분명 반마환 때문에 내력은 사용할 수 없는 거 아니었습니까?"

좀 전의 움직임.

그것은 강제로 내력이 금제당한 이가 선보일 수 있는 움직임이 아니었다.

심지어 내력을 사용했음에도 이렇다 할 내상의 조짐마저 보이지 않았다.

이신의 이죽거림에 좀 전까지 힘없고 침울하던 모습은 온데 간데없이 천마 또한 히죽 웃으면서 손목에 찬 반마환을 매만졌다.

철컥―

그러자 앞서 설명했던 것과 달리 반마환은 너무나 쉽게 분리되어서 바닥에 떨어졌다.

천마는 한결 가벼워진 손목을 까딱거리면서 말했다.

"예나 지금이나 눈치 하나는 기가 막히는군. 도대체 언제부터 안 건가?"

"모르는 게 더 이상하지요. 그리고 이미 앞서 말했잖습니까. 연이와 관련된 이야기 말고는 모두 다 거짓이라고."

즉, 처음부터 이신은 천마의 말을 완전히 다 믿지 않았다는 것이다.

그도 그럴 것이 천하의 천마가 고작 내력 하나 금제 당했다고 저토록 약한 모습을 보인다?

말도 안 되는 일이었다.

거기다 이신은 생각보다 총사 사마결에 대해서 잘 알고 있었다.

그는 어디까지나 책사로서의 임무에 충실한 인간이었다.

안 그럼 마교라는 거대한 단체의 총사라는 직책 자체를 맡는 것 자체가 불가능한 일이었다.

하물며 천마가 자신의 머리꼭대기 위에서 놀려고 하는 자를 가만히 내버려 둔다?

천마에 대해서 조금이라도 아는 자라면 코웃음을 치면서 한 마디 할 것이다.

그럴 일은 절대 없을 거라고.

"거기다 결정적으로 교주께서는 유독 제가 직접 당신의 몸에 손대는 걸 피하시지 않았으니까요. 수상하게 여기지 않는 게 더 이상하지요."

기파를 통해서 상대의 상태를 파악하는 데에는 한계가 있었다.

더욱이 상대는 천마였다.

그렇기에 직접 기맥을 통해 내력을 불어넣어서 상태를 확인하는 게 제일 확실했는데, 천마는 교묘하게 그것을 피했다. 스스로 의심을 하게끔 만든 셈이었다.

이신의 말에 천마가 피식 웃었다.

"역시 자네는 본좌에 대해서 잘 아는군."

이쯤 되자 그가 한 말 중에서 무엇이 거짓이고 진실인지 헷갈릴 지경이었다.

하나 이신은 흔들림 없는 눈으로 말했다.

"이제 그만 확실히 말씀해 주십시오. 저를 이곳으로 부른 진짜 이유가 무엇인지."

그 말에 천마는 천천히 뒷짐을 지더니, 이윽고 마도의 종주답게 오연한 표정을 지으면서 말했다.

"자네, 전쟁을 막고 싶지 않나?"

第三章
선택(選擇)

전쟁.

그것이 차후 있을지 모를 제이차 정마대전을 가리킨다는 것을 모를 리 없는 이신이었다.

하물며 그가 이곳 바교에 다시 돌아온 것도 사실상 그 전쟁을 막기 위함이 아니던가.

그럼에도 정작 그가 아무런 대답도 하지 않자 천마는 다시금 말했다.

"전쟁을 막고 싶지 않은 겐가?"

연이은 물음에 이신은 그제야 입을 열었다.

"막고 싶습니다."

이렇다 할 중과부언 없이 이신은 그저 솔직하게 자신의 속내를 털어놨다.

정마대전이 끝난 지 이제 겨우 일 년 남짓도 채 안 된 시점인데, 또다시 전쟁이라니.

그건 모두에게 좋지 않은 일이었다.

이신의 솔직한 대답에 천마의 입꼬리가 비릿하게 올라갔다.

"그래? 전쟁을 막고 싶다라. 공교롭게도 그대와 본좌의 생각이 서로 일치하는 부분이 있군."

'부분?'

순간 이신은 내심 고개를 갸웃거렸다.

생각이 일치한다면 그렇다고 하면 될 일이지, 굳이 일치하는 부분이 있다고 강조하다니.

마치 지극히 일부분의 생각만 일치한다는 식의 말투가 아닌가?

약간 불안한 가운데, 천마의 말이 이어졌다.

"그래서 말인데, 흑월 그놈들이 유독 한 여인을 노리고 있다지?"

"……!"

이신의 눈이 휘둥그레졌다.

천마가 어찌 유세화에 대해서 안다는 말인가?

하물며 이어지는 그의 말은 더욱 가관이었다.

"듣자 하니 왜인지는 모르겠지만, 그놈들에게 그 여인이 몹시 중요하다는 모양이군. 하니 말인데……. 자네, 그 여인을 우리한테 넘겨주지 않겠나?"

마치 물건을 내놓으라는 듯한 천마의 반강요적인 말투에 이신의 눈썹이 꿈틀거렸다.

그걸 다르게 받아들인 듯 천마가 고개를 내저었다.

"아아, 물론 그냥 달라는 게 아닐세. 딱히 어쩌겠다는 것도 아니고. 그저 우리가 자네 대신 그녀를 그놈들로부터 보호해 주겠다는 의미니까. 만약 거기에 자네가 동의해 준다면……"

천마의 한쪽 입꼬리가 말아 올라갔다.

"본좌가 이 전쟁을 막아주겠네. 어때? 썩 그리 나쁘지 않은 조건 아닌가?"

천마의 말을 간단히 정리하자면 이거였다.

유세화를 내놓으면 그 대신 제이차 정마대전을 막아주겠다.

확실히 썩 나쁘지 않은 조건이었다.

하지만 그렇다고 해서 딱히 좋은 조건도 아니었다.

이신은 어느덧 딱딱하게 굳은 얼굴로 말했다.

"어째서 화매를 원하시는 겁니까?"

단순히 흑월이 노리는 여인이라는 이유만으로 그녀를 원한다는 건 말도 안 되었다.

필시 다른 이유가 있었다.

'아마도 성화를 노리는 거겠지.'

성화.

배교의 신물이자 흑월이 지금까지 물밑 아래서 성장할 수 있게 한 원동력!

그것 말고는 천마가 굳이 유세화를 욕심낼 만한 이유가 없었다.

그리 확신하는 가운데, 천마가 능글맞게 웃으면서 말했다.

"그걸 굳이 자네에게 설명할 필요는 없지. 그보다도 일단 전쟁부터 막는 게 급선무 아닌가?"

은근슬쩍 화제를 다른 쪽으로 돌리려는 그의 태도에 이신은 차갑게 웃으면서 말했다.

"마치 지금 당장에라도 전쟁을 멈추실 수 있다는 것처럼 말씀하시는군요."

"사실이니까."

천마는 당연하다는 식으로 말했다. 이어지는 말 역시도 마찬가지였다.

"천마 계승식? 그거야 나중으로 미루면 그만이지."

당장에야 뒷말이 조금 나오긴 하겠지만, 어차피 곧 수그러들 것이다.

그는 천마였다.

마도의 종주이자 마교의 최강자!

그런 그의 말을 누가 감히 거역할 수 있겠는가.

"뭣보다 천기, 그놈은 연이의 생사만 확인된다면 그 즉시 전쟁 따위는 멈추고도 남을 걸세. 그놈은 그런 놈이니까."

앞서 천마가 한 말 중에서 담소연의 시체가 사라졌다는 건 사실이었다.

만약 이를 담천기에게 말한다면, 담천기는 즉각 모든 걸 중단하고 담소연의 소재부터 파악하려고 들 터.

자연히 제이차 정마대전은 일어나지 않게 된다.

하지만 이신의 생각은 조금 달랐다.

"만약 천기가 돌발 행동을 한다면요?"

무덤에 묻혀 있어야 할 담소연의 시체가 사라졌다.

심지어 그녀가 흑월에 의해서 멋대로 이용당하고 있을지도 모른다는 사실을 알게 된다면 담천기는 도리어 전보다 훨씬 더 분노에 사로잡히고 말 것이다.

어쩌면 더욱 최악의 결과를 야기할지도 모른다.

그 점을 지적하자 천마가 싸늘하게 웃으면서 말했다.

"모름지기 힘 앞에서 굴복하지 않는 자는 없다네."

"……!"

그 말을 듣고 나서야 이신을 깨달았다.

애당초 천마에게 있어서 담천기의 의사 따위는 하등의 가치도 없었다.

그저 압도적인 힘과 권위로 상대를 짓눌러 버릴 생각으로 가득 차 있었다.

여차하면 직접 제압해서 폐관 수련실에 가둬둔 채 당분간 외부와의 접촉을 차단하는 식도 가능할 것이다.

단순한 가정이 아니다.

실제로 과거 담천기가 담소연의 죽음에 분노해서 발광할 때, 그리했었다.

지극히 천마다운 방식.

그리고 그것은 그를 마도의 종주 자리에 오랫동안 앉을 수 있게 만든 결정적인 이유이기도 했다.

"…그런 점은 하나도 변하지 않으셨군요."

살짝 질렸다는 이신의 반응에 천마의 입꼬리가 올라갔다.

"칭찬 고맙네. 자, 이제 그만 결정할 시간이로군. 순순히 여자를 내놓을 건가, 아니면……."

잠시 뜸을 들인 뒤, 천마는 이신을 똑바로 노려보면서 말했다.

"전쟁을 택하겠나?"

전쟁과 유세화!

직설적으로 둘 중 하나를 택하라는 천마의 질문은 실로 잔인했다.

전쟁을 막는 쪽을 택한다면 유세화의 신변을 넘겨야 했다.

그렇다고 해서 유세화를 선택한다?

그건 제이차 정마대전이 일어나는 것을 방관하겠다는 소리밖에 안 되었다.

더 나아가서는 차후 수만 명의 희생자를 낳는 결과를 초래할지도 모른다.

이신에게 딱히 협객의 기질이 있는 건 아니었다.

하지만 그렇다고 한들, 자신의 눈앞에서 벌어질지도 모르는 여러 무고한 자들의 희생까지는 차마 외면할 수 없었다.

하물며 일찍이 정마대전을 겪으면서 전쟁의 참혹함을 뼈저리게 느낀 그가 아닌가.

그런 지옥은 두 번 다시 경험하고 싶지 않았다.

하지만…….

'그렇다고 해서 화매를 위기에 빠뜨릴 순 없어.'

그 때문에 유세화의 안위를 포기하는 것도 썩 그리 바람직한 선택이라고 보기 어려웠다.

쉽사리 결정할 수 없는 문제!

그런 이신의 갈등을 아는지 모르는지 천마는 의미심장한 미소를 지으면서 말했다.

"더 시간이 필요한가? 뭣하면 내일까지 기다려 주지."

딴에는 인심 쓰는 듯이 말했지만, 그는 은연중에 이신에게 하나의 선택을 강요하고 있었다.

그것은 엄연히 협박이었다.

시간을 준다는 것도 어디까지나 마음의 준비를 하는 데에 필요한 시간을 준다는 것에 불과했다.

마치 고양이가 곧 있으면 자신의 입으로 들어갈 생쥐를 동정하는 것처럼.

그렇게 이신은 한참을 눈을 감은 채 고민했다.

무엇이 나은 선택인가 아닌가에 대한 고민이 아니었다.

보다 본질적인 고민이었다.

그리고 그 고민이 끝나는 순간, 이신은 천천히 감고 있던 눈을 뜨면서 말했다.

"지금 막 결정했습니다."

결정했다는 이신의 말에 천마가 반색하면서 말했다.

"오, 그래. 어찌하겠는가?"

"둘 다 아닙니다."

"응?"

뜻밖의 대답에 미소를 짓던 그대로 천마의 얼굴이 굳어졌다.

그러거나 말거나 이신의 말은 계속 이어졌다.

"두 가지 선택지가 있다고 해서, 꼭 하나만 선택해야 하는 법은 없지요. 그래서 전 둘 다 포기하지 않기로 결정했습니다. 제이차 정마대전의 발발을 막는 것, 그리고……."

스릉—!

"내 여자의 목숨도."

맑은 쇳소리와 함께 뽑혀져 나온 영호검의 묵빛 검신이 정확하게 천마를 가리켰다.

그러자 굳어 있던 천마의 얼굴에 다시금 변화가 일어났다.

그건 바로…….

"재미있군."

절로 소름이 쫙 끼칠 만큼 살기 가득한 미소였다.

그와 동시에 이신이 곧바로 천마를 향해서 쇄도하면서 외쳤다.

"지금이다, 무린!!"

그의 외침에 기다렸다는 듯 순식간에 천마의 발아래 있던 그림자가 위로 솟구쳐 올랐다.

그림자는 금세 검은 사슬로 화해서 천마의 사지를 칭칭 감았고, 동시에 이신이 수중의 영호검을 휘둘렀다.

촤좌좌좌좌촥—!

마치 번개와 같은 쾌검이 순식간에 천마의 몸을 가르고 지나갔다.

지난날 이환성과의 싸움을 통해서 전보다 훨씬 더 발전된 심형살검식의 제일초식, 섬뢰였다.

하나 공격이 성공했음에도 이신의 표정은 썩 그리 밝지 않았다.

그 이유는 곧 밝혀졌다.

티딩─! 팅팅팅─!

천마의 사지를 결박하고 있던 검은 사슬이 저절로 끊어지기 시작했다.

이신의 그림자 속에 있던 단무린은 내심 경악했다.

'그저 힘만으로 진야환마공을 깨버리다니!'

도대체 이게 말이 되는 일인가?

하물며 그의 진야환마공 역시 이전보다 훨씬 발전한 상태이거늘.

모처럼의 연구와 단련이 전부 무위로 돌아간 듯한 허탈함이 단무린을 지배했다.

하나 마냥 눈앞의 현실을 부정하고 있을 수는 없었다.

어느덧 천마가 이신을 향해서 가벼이 일장을 펼치고 있었다.

그리고 그 결과는 결코 가볍지 않았다.

쿠과과과과광!

순식간에 이신이 서 있던 자리가 풍비박산이 나버렸다.

혈영보로 간신히 피한 이신의 등골이 오싹해졌다.

방금 전 천마의 일장은 이렇다 할 초식의 형도 갖춰지지 않은 한낱 손짓에 불과했다.

한데도 이런 무지막지한 결과가 만들어진 것은 그 가벼운 손짓 안에 실린 막대한 거력 때문이었다.

'천마지존공!'

천마의 성명절학이자 마교 최고의 신공!

예전에 일공자 담천기도 한차례 선보인 바 있긴 하지만, 그것과는 아예 차원을 달리하는 느낌이었다.

심지어 천마는 아직 제대로 시작조차 하지 않았다.

그 증거로 그는 비릿한 미소를 지으면서 말했다.

"검이 예전보다 훨씬 날카로워졌군. 이거 기대 이상인걸?"

만족스럽다는 그의 반응에 이신은 영호검을 새로 고쳐 잡으면서 말했다.

"겨우 그 정도가 아닐 겁니다."

"응?"

무슨 소리냐고 되묻는 듯한 표정을 짓는 것도 잠시, 천마는 이내 깨달았다.

그의 오른쪽 소매 끝단이 살짝 잘려져 나간 것을.

"호오?"

순간 천마의 눈에 이채가 떠올랐다.

분명 호신강기로 완전히 방호했다고 생각했는데, 언제 이런 흔적을 남겼다는 말인가?

'기껏해야 입신경에 갓 입문한 정도라고 여겼거늘.'

천하의 자신이 완전히 이신의 기량을 다 파악하지 못했다는 사실이 사뭇 충격적이면서도 어떤 의미에선 매우 신선하게 느껴졌다.

'그냥 허풍이 아녔군.'

제이차 정마대전의 발발을 막고, 또한 정인인 유세화마저 지키겠다는 이신의 각오가 마냥 허세가 아님을 대번에 알 수 있었다.

그렇기에 더욱 궁금해졌다.

이신의 본신 실력이 정확하게 어느 정도일지.

"탐색전은 이쯤에서 끝내도록 하지."

말을 마침과 동시에 천마의 두 눈이 검게 물들었다.

흰자와 검은자의 구분이 없는 흑색의 마안(魔眼)!

본격적으로 천마지존공을 운용하기 시작했다는 증거이자 신호였다.

그에 맞춰서 이신의 두 눈 역시 백열의 광채로 물들기 시작했다.

천마지존공과 배화구륜공!

그렇게 두 개의 신공절학이 수백 년의 시공을 뛰어넘어서 오랜만에 다시 맞부딪치려는 순간, 누구도 예상치 못한 일이 일어났다.

쿠르르릉—!

갑자기 지면의 지축이 흔들리기 시작했다.

지진 따위가 아니었다.

뭔가 거대한 힘의 유동에 의한 현상이었다.

순간 천마의 얼굴이 일그러졌다.

"천마군림진이 왜……!"

"천마군림진?"

설마 지금의 진동이 천마군림진이 개방되면서 벌어진 현상이란 말인가?

하긴 그것 말고는 이 정도의 진동이 일어날 만한 일도 없긴 했다.

문제는 왜 하필 지금 이 순간에 천마군림진이 개방되느냐는 것이었다.

'진법이 개방되는 건 내일이 아니었던가?'

그것도 의문이었지만, 뭣보다 천마군림진은 오직 내부에서만 열고 닫을 수 있는 지극히 폐쇄적인 진법이었다.

그 말은 이곳 천마전에 천마나 이신 외의 다른 이도 함께 있다는 소리.

그때 그의 귓가로 단무린의 전음이 들려왔다.

[일단 자리를 피하시죠.]

단무린의 말은 단순히 이곳을 벗어나자는 의미가 아니었다.

앞서의 대화를 통해서 천마의 궁극적인 목적이 유세화라는 게 밝혀졌다.

그 말은 인근 마가촌에서 대기 중인 유세화의 신변이 마냥 안전하지 않다는 말과도 일맥상통했다.

행여 그녀를 포획하라는 지시가 은밀히 내려진 상태라면 더더욱 그러할 터.

여기서 한가하게 천마나 상대하고 있을 시간이 없었다.

마침 천마도 갑작스러운 천마군림진의 개방에 당황하느라 경계가 살짝 느슨해진 상황.

이신이 고개를 끄덕였고, 동시에 그의 몸이 발아래의 그림자 속으로 천천히 가라앉기 시작했다.

"이런!"

뒤늦게 이신의 도주를 눈치챈 천마가 서둘러 발을 굴렀지만, 간발의 차로 그는 이신을 놓치고 말았다.

천마의 얼굴이 일그러졌다.

"…쥐새끼 같은 놈."

이신이 아닌 단무린을 향한 말이었다.

이신의 성격상 이런 식의 도주를 꾀할 리 없었다. 필시 단무린이 옆에서 뭐라고 조잘댄 것이리라.

그런 사람이 천마의 옆에도 한 명 있었다.

쾅—

갑자기 일단의 무리와 함께 방문을 열고 들어선 중년의 문사, 사마결이 바로 그런 사람이었다.

"혈영사신은 어디 있습니까?"

다짜고짜 내뱉은 그의 질문에 천마는 아무 말 없이 고개를 내저었다.

그것만으로도 상황 파악을 마친 사마결의 표정이 굳어졌다.

"다 잡은 고기를 놓치고 말다니. 이게 얼마나 심각한 문제인지 알고 계신 겁니까?"

"그러는 자네는 왜 갑자기 천마군림진을 개방한 건가?"

"진정 몰라서 하시는 말씀이십니까?"

천마의 싸늘한 지적에도 사마결은 한 마디도 지지 않으면서 말했다.

"아직 망혼초의 독이 완전히 제거되지 않은 상태에서 내력을 운용하다니. 주군이야말로 지금 제정신이십니까? 행여 그러다가 정말 큰일이라도 나면 어쩌시려는 겁니까?"

사마결은 그간 천마전 내부의 밀실에 숨어서 안에서 일어났던 일을 모두 지켜봤다.

그러다 이신과 천마가 충돌하는 것을 보고는 화들짝 놀라서 바깥에서 대기 중이던 묵룡대를 투입하고자 천마군림진을 임의로 개방했다.

그도 그럴 게 천마의 몸 상태는 정상이 아니었다.

망혼초.

그 해괴망측한 독은 생각 이상으로 천마의 몸을 좀먹고 있었다.

어찌어찌 해독을 하고 있지만, 워낙 독성이 지독하고 복용 기간도 적잖은 터라 완전히 다 해독하지는 못했다.

더욱이 내력을 사용하면 할수록 주화입마와 같은 증세를 보이는 터라 완전히 해독되기 전까지는 가급적 내력을 사용하지 않는 편이 제일 나았다.

앞서 이신의 앞에서 천마가 각혈했던 것도 단순한 연극이 아니라 내력의 운용 때문에 망혼초의 독이 그의 기혈을 자극했기 때문이다.

실제로 지금 천마의 얼굴에는 미세하게나마 식은땀이 흐르고 있었다.

만약 이신과의 싸움이 그 이상 길어졌다면 사마결이 염려한 대로 최악의 상황이 벌어졌을 수도 있었다.

사마결은 이마를 부여잡으면서 한숨을 내쉬었다.

"하아, 역시 그는 위험한 자입니다. 지금이라도 모든 전력을 총동원해서 제거해야……."

"내버려 두게."

"주군!"

그런 위험천만한 자를 내버려 두다니.

사마결 입장에선 결코 용납할 수 없는 일이었다.

하나 천마는 자신의 의견을 굽힐 생각이 전혀 없었다.

오히려 사마결의 반발에 싸늘한 눈길로 그를 바라보면서 말했다.

"그가 누구인지 잊지 말게. 비록 본교를 떠난 상태긴 하지만, 그자는 엄연히 본교의 오대마종 중 하나인 염마종의 당대 종주일세. 행여 그를 건드렸다간 어떤 결과가 벌어질지 정녕 모르지 않을 텐데?"

"으음, 그건……."

오대마종.

현 마교의 근간을 이루고 있는 다섯 개의 마종.

엄연히 말해서 그들에게는 이렇다 할 지위나 권력이 있는 게 아니었지만, 대신 마교 수뇌부는 대부분 오대마종 출신인 경우가 허다했다.

당장 사마결만 하더라도 환마종 출신의 마인이 아니던가.

그런 상황에서 만약 당대 염마종주인 이신을 건드린다?

비록 염마종의 세가 기울어서 말석에 가까운 위치라고 하나, 그를 건드린다는 건 곧 다른 오대마종의 권위를 무시하는 거나 마찬가지.

괜히 잠자고 있던 호랑이의 코털을 건드리는 꼴이었다.

천마가 우려하는 것도 바로 그 부분이었다.

이어서 천마가 말했다.

"안 그래도 빙모가 그한테 빚을 진 게 있다고 하더군. 그것이 어떤 식의 변수로 작용할지 알 수 없네. 하물며 현 오대마종과의 사이가 썩 그리 좋다고 보기 어려운 시국일세. 괜히 일을 복잡하게 만들지 말게."

"그럼 어찌하면 되겠습니까?"

"쉽게 풀어나가게."

"쉽게?"

"자고로 장수를 노리려면……."

잠시 말을 멈추면서 천마의 입꼬리가 비릿하게 올라갔다.

"…그 장수가 탄 말부터 노려야 하는 법이지."

\*           \*           \*

부디 일어나지 말았으면 했던 일이 끝내 일어나고 말았다.

눈앞의 상황을 보면서 소유붕은 그리 생각했다.

"하아, 꼭 이렇게까지 해야 했냐, 곰탱이?"

한숨 섞인 그의 말에 기절한 유세화의 몸을 붙잡고 있던 고영천이 차마 떨어지지 않는 입을 억지로 열었다.

"…면목이, 없다."

동료를 배신하는 것도 모자라서 한때 주군으로 모셨던 자의 정인을 인질로 삼다니.

스스로 생각해도 최악이었다.

그런 고영천에게 소유붕은 실로 안타깝다는 표정으로 말했다.

"곧 주군이 돌아올 거야. 그럼 너와 채희의 목숨은……"

소유붕의 말이 채 끝나기도 전에 고영천이 고개를 내저으면서 말했다.

"이미 알고 있다, 제비. 굳이 더 말할 것 없어."

"이런 미련한 곰탱이 새끼… 휴우!"

더 이상의 설득은 무의미하다는 걸 깨달은 소유붕.

그의 입에서 나오는 건 욕지거리와 한숨뿐이었다.

그런 상황에서 내내 아무 말도 없던 신수연이 입을 열었다.

"각오는 된 모양이네."

그녀의 말에 대답한 것은 고영천이 아닌 그의 옆에 같이 서 있던 문채희였다.

"미안해요, 언니."

"됐어. 어차피 이리 될 줄 알았으니까."

소유붕과 마찬가지로 신수연 역시 이런 상황을 이미 예측하고 있었다.

그럼에도 미연에 이러한 사태를 방지하지 못한 것은 일말의 정 때문이리라.

차마 이런 식으로까지 뒤통수를 치지는 않으리라는 믿음이 지금의 사태를 만든 것이다.

그것을 내심 후회했지만 무작정 반성만 하고 있을 때가 아니었다.

신수연이 움직이려고 하자 문채희의 채대가 빳빳하게 일어났다.

빳빳하게 일어난 채대는 마치 잘 벼려진 검처럼 예리한 빛을 머금더니 그대로 유세화의 목덜미에 드리워졌다.

"멈추세요. 만약 한 발자국이라도 움직이면……."

문채희는 뒷말을 생략하더니 채대를 살짝 움직였다. 그러자 채대의 끝부분이 유세화의 새하얀 목덜미에 닿자마자 금세 선홍빛 핏물이 배어났다.

그걸 보는 순간, 소유붕의 눈이 뒤집혀졌다.

"채희, 너……!"

감히 유세화의 몸에다 상처를 내다니.

확 달려들려고 하는 그를 향해서 문채희가 싸늘한 표정으로 말했다.

"이건 어디까지나 경고일 뿐이에요. 그러니 더 험한 꼴 보기 싫으면 어서 물러나세요."

"크으윽!"

단순한 허세가 아님을 방금 전의 행동을 통해서 증명한 문채희였다.

제아무리 열이 머리끝까지 차오른 소유붕일지라도 함부로 무작정 행동할 수 없었다.

'도대체 어찌해야 하지?'

신법을 펼쳐서 고영천의 등 뒤를 점한다?

그건 쉬운 일이지만, 문제는 점한 다음이었다.

그의 공격으로는 아무래도 고영천이 익힌 철혼갑을 단번에 꿰뚫을 수가 없었다.

안 그래도 혈영대 조장 가운데서 제일가는 맷집과 방호력을 자랑하는 그가 아니던가.

'아니면 차라리……'

역으로 문채희를 사로잡아서 인질 교환을 시도하는 편이 훨씬 더 가능성이 높을지도 모른다.

그리 생각하면서 몰래 기회를 엿볼 때였다.

"주군한테 들었어. 네가 혈영대를 나올 수밖에 없었던 이유를."

갑작스러운 신수연의 말에 모두의 시선이 그녀에게로 모였다.

특히 문채희는 당황한 기색이 역력했다.

"그, 그게 갑자기 무슨……!"

"사조장을 제외한 너의 유일한 혈육이 지금 사마 총사에게 붙잡혀 있다지?"

"혈육이라니요? 그게 무슨 소리입니까, 누님?"

소유봉은 난생 처음 듣는다는 표정으로 되물었다.

그럴 수밖에.

고영천과 마찬가지로 문채희 또한 천애고아 출신이었다.

그런 그녀에게 혈육이라니.

다소 이해할 수 없다는 표정으로 문채희를 바라봤는데, 어찌 된 일인지 그녀는 아무런 변명조차 없이 꾹 입을 다물었다.

이에 소유봉은 깨달았다.

신수연이 결코 없는 말을 지어낸 게 아니라는 것을.

'정말로 혈육이 붙잡혀 있단 말인가?'

사실이라면 어느 정도 그녀의 결정을 이해할 수 있었다.

다소 의외라면 그러한 사실을 이신이 어떻게 눈치챘냐는 것이다.

그런 그의 의문을 해결해 주듯 신수연의 말이 이어졌다.

"장사평의 휴전. 그때 보이지 않던 사람이 한 명 있었다고 하셨어. 그리고 그는 사조장과 무관하지 않는 자였어."

"그게 누굽니까?"

소유봉의 질문에 신수연 대신 내내 말이 없던 고영천이 답했다.

"…희매의 의부님이다."

"의부님?"

문채희가 덧붙이듯 말했다.

"내 사부님이셔."

"아아……!"

그제야 소유봉은 기억해 냈다.

유령마제 계파의 전대 계승자이자 문채희의 사부, 문조영.

그와 문채희의 성이 똑같아서 의아하긴 했지만, 별로 크게 신경 쓰지 않았다.

피가 섞이지 않아도 성이 같은 경우는 많았으니까.

한데 단순히 사승지간인 줄로만 알았던 두 사람이 사실은 의로 맺어진 부녀지간이었다니.

"그게 우리의 곁을 떠난 진짜 이유였어?"

소유봉의 물음에 문채희는 무겁게 고개를 끄덕였다.

그제야 모든 의문이 풀렸다.

어째서 그녀가 그리도 혈영대를 그리워하면서도 끝내 자신들과 반목했는지.

소유봉은 안타깝다는 표정으로 말했다.

"왜 진작 말하지 않은 거야?"

"그런다고 해서 상황이 바뀌는 건 아니니까."

문채희는 단호하게, 하나 어딘지 모르게 씁쓸한 표정으로 말했다.

그녀의 말대로 사실을 늘어놓은들 마땅히 뾰족한 해결책이 없었다.

차라리 모두의 마음을 불편하게 만들기보다는 그냥 모든 사실을 숨긴 채 조용히 혈영대를 떠나는 게 맞았다.

하나 그조차도 그녀의 마음대로 되지 않았다.

작금의 상황이 그러하듯이 말이다.

그녀는 다시금 채대를 유세화의 목덜미에 가져다 대면서 말했다.

"이제 더는 되돌릴 수 없어. 난 이미 선택을 끝냈으니까."

이신 등과 반목하고 사마결의 명령에 따르는 인생.

그것이 그녀가 선택한 결과였다.

순간 소유봉의 표정이 일그러졌다.

그가 막 뭐라고 하려는 찰나, 신수연의 입술이 먼저 벌어졌다.

"그 선택, 부디 후회하지 않길 빌게."

그리고 그녀의 말이 끝나기 무섭게 고영천이 비명을 질러댔다.

"크아아아악!"

느닷없는 고영천의 비명성에 문채희의 고개가 빠르게 옆으로 돌아갔다.

그리고 그녀의 눈이 커졌다.

분명 방금 전까지 소유봉의 옆에 서 있던 신수연이 그곳에 서 있었다.

한손에는 유세화를, 그리고 또 한 손으로는 고영천의 맥문을 제압한 채로.

"어, 어떻게……!"

와장창—!

그 말을 내뱉는 순간, 유리 조각이 깨지는 듯한 소리가 들려왔다.

고개를 돌리자 소유봉의 옆에 얼음 조각의 잔해가 어지럽게 널브러진 게 보였다.

'분신?!'

설마 지금껏 자신과 이야기한 신수연이 진짜가 아니라 그녀의 분신에 불과했단 말인가?

완전히 당하고 말았다는 그녀의 표정을 보면서 신수연이 한 마디 했다.

"설마 내가 누군지 잊은 거야?"

빙마검후.

그것은 신수연의 또 다른 이름이었다.

그리고 매서운 설풍이 장내에 휘몰아치기 시작했다.

第四章
은형잠망(隱形潛罔)

최악이다.

단무린은 그리 생각했다.


"천마를 조심해라."


그의 사부 환마종주가 이신에게 했던 말.

처음 그 말을 들었을 때는 그렇게까지 심각하게 여기지 않았다.

뭔가 천마 주변에 그의 의지와 상관없는 함정이 마련된 정도로만 여겼다.

예를 들어서 총사 사마결에 의한 함정 말이다.

그리 여긴 이유는 간단했다.

이신과 천마.

두 사람은 단순한 상하 관계를 넘어서 천마가 따로 무공까지 사사할 정도로 가까운 사이였다.

그런 두 사람의 사이니까 잠깐 오해는 있을지 몰라도, 크게 틀어질 거라고 여기지 않았다.

한데 난데없이 천마가 거짓된 정보를 전하는가 싶더니, 곧 제이차 정마대전의 발발을 걸고 유세화의 신변을 대놓고 요구했다.

이 때문에 단무린의 머릿속은 혼란 그 자체였다.

그때 옆에서 함께 뛰고 있던 이신이 말했다.

"그는 달라졌구나."

문득 내뱉은 이신의 말에 단무린의 고개가 옆으로 돌아갔다.

"형님."

"그는 예전에 내가 알던 천마가 아니었어."

이신은 단무린의 시선은 아랑곳하지 않고 살짝 탄식 어린 음성으로 중얼거렸다.

"무엇이 그를 저리 바꾼 거지?"

'제가 알고 싶은 게 바로 그겁니다, 형님.'

천마는 무엇 때문에 유세화의 신변을 원하는가.

성화의 무엇이 그로 하여금 그 참혹한 전쟁마저 다시금 불사하게 만들었단 말인가?

도통 의문이 풀리지 않았다.

그러나 그럼에도 한 가지 사실만큼은 확실했다.

'이제 마교는 안전하지 않다.'

천마는 유세화의 신변을 대놓고 요구했다.

설령 이신이 거부했다고 한들, 그것을 강제적으로 밀어붙일 가능성이 높았다.

이제 혹월뿐만 아니라 마교 역시도 엄연히 이신의 적으로 돌아선 것이다.

그런 마당에 이대로 계속 마가촌에 머무르는 건 그리 현명한 선택이라고 보기 어려웠다.

그렇기에 이신도 천마와의 싸움을 곧장 포기하고, 이렇게 정신없이 내달리는 것이었다.

그때였다.

우뚝—

갑자기 이신이 멈춰 섰다.

"왜 그러십니까, 형님?"

단무린의 물음에 이신은 대답 대신 시선을 정면으로 향했다.

바로 앞 길목.

그곳에 누군가가 뒤돌아 선 채 서 있었다.

'저자는?'

그 익숙한 뒷모습에 단무린의 눈이 순간 커졌고, 이신 역시 내심 놀란 얼굴로 중얼거렸다.

"천기……."

그의 중얼거림을 들은 듯 검은 장포를 두른 미공자 담천기가 천천히 고개를 돌렸다.

"생각보다 늦었군."

"왜 네가 이곳에……?"

이신의 물음에 담천기의 입꼬리가 올라갔다.

"나 또한 신마정에 대해서 아는 몇 안 되는 사람 중 한 명이니까."

'하긴.'

담천기는 천마의 유일한 혈육이자 마교의 일공자 아니던가.

확실히 신마정의 비밀에 대해서 모르는 게 더 이상하긴 했다.

그러니 신마정을 빠져나오자마자 곧장 마가촌으로 향하는 길목에서 그가 딱 버티고 기다리고 있는 것도 어찌 보면 당연한 일이었다.

이어서 담천기가 말했다.

"천마께서 무슨 제안을 하셨는지 몰라도, 넌 그것을 거부했을 거야. 안 그래?"

"……."

담천기의 말에 이신은 묵묵부답이었다.

굳이 대답해야 할 필요성을 못 느낀 것이다.

그런 그의 태도에 담천기가 못내 답답하다는 듯 말했다.

"왜 굳이 쉬운 길을 놔두고 어려운 길로 가려는 거지?"

담천기의 말에 단무린도 내심 고개를 끄덕였다.

유세화의 신변을 인도해 주는 건 무리지만, 그 대신 성화를 천마에게 가져다주는 식으로 타협을 할 수도 있었다.

하나 이신은 일절의 타협도 용납지 않았다.

유세화의 신변을 위한 것도 있지만, 거기에는 더 본질적인 이유가 있었다.

당장 성화를 넘겨준다고 한들, 성화가 진정한 능력을 발휘하기 위해선 유세화의 정화 능력이 절대적으로 필요하기 때문이었다.

그리고 유세화의 정화 능력이 정확하게 한계치가 어디까지인지 밝혀지지 않은 시점이었다.

만약 성화를 완전히 정화하기 위해서 생각지 못한 큰 희생이 따른다면?

그리고 그 희생의 대가가 혹 유세화의 목숨이라면?

그렇기에 이신은 결코 타협할 수 없었던 것이다.

정작 그 사실을 모르는 단무린이었기에 내심 그 부분을 의아하게 여겼지만, 굳이 걸고넘어지지 않았다.

당장은 아니더라도, 조만간 그에 대한 이유를 설명해 줄 거라는 믿음이 있기에 가능한 일이었다.

그러는 사이, 담천기가 이신을 설득했다.

"천마와 척을 진다는 건 곧 마교 전체와 척을 지는 거와 같은 의미야. 설마 그걸 모르는 건 아니겠지?"

"알고 있어."

이신은 담담하게 말했다.

혈영대의 대주이자 당대 염마종주인 그가 어찌 그걸 모르겠는가.

하지만 이신과 천마, 두 사람은 이미 건너서는 안 되는 강을 건넌 지 오래였다.

중간에 돌이킨다는 건 불가능했다.

그런 이신의 태도에 더 이상의 설득은 무의미하다는 것을 깨달은 담천기의 미간이 살짝 찌푸려졌다.

"정녕 우리와 적이 되겠다는 거냐, 이신?"

"천마께서 어찌 하실지에 달렸지. 그쪽에서 먼저 건드리지 않는 한, 아무 일도 일어나지 않을 테니까."

그건 사실이었다.

이신은 굳이 먼저 마교 측을 향해서 검을 뽑고 싶은 마음이 없었다.

비록 지금은 떠났지만, 마교는 그에게 있어서는 제이의 고향이나 마찬가지였으니까.

자고로 고향을 완전히 등질 수는 없는 법 아니겠는가?

혈영대의 조장들도 모두 마교 출신이기에 더더욱 적대하기가 꺼림칙했다.

하나, 그쪽에서 먼저 이신 등을 건드린다면 이야기는 달라진다.

은혜는 두 배로 갚고, 원수는 열 배, 아니, 백 배로 갚아준다.

그것이 이신을 비롯한 혈영대의 기본적인 대응 방식이었다.

담천기가 안타깝다는 듯 말했다.

"난 연이의 뒤를 이어서 너까지 잃고 싶지 않다, 이신."

그것은 진심이었다.

담소연이 목숨만큼이나 소중하고 아끼는 동생이었다면, 이신은 유일하게 믿고 의지할 수 있는 친구였다.

어찌 그런 친구의 위험천만한 선택을 못 본 체할 수 있겠는가.

이어서 담천기가 말했다.

"마지막으로 말하겠다. 나와 손을 잡자, 이신. 만약 그렇게

만 해준다면 나도 이번 전쟁을 한 번쯤은 재고해 보겠어."

"전쟁을 재고하겠다고?"

예상외의 말이 튀어나오자 이신은 내심 깜짝 놀랐다.

가만히 두 사람의 대화를 듣고 있던 단무린도 마찬가지였다.

'일공자가 이렇게까지 형님을 생각하고 있었다니.'

이전에는 오로지 담소연의 복수만 생각하는 사람처럼 굴더니 그새 냉정을 되찾기라도 한 것일까?

하나 이신이 잠시 생각하더니 이내 고개를 내저으며 말했다.

"나의 선택은 변함없다, 천기."

"끝내, 끝내 결국……!"

담천기는 차마 말을 다 끝맺지 못한 채 주먹만 꽉 움켜쥐었다.

어찌나 강하게 움켜쥐었는지 손톱이 파고들어서 피까지 흘러내릴 정도였다.

그런 그의 모습을 안타깝게 쳐다보는 것도 잠시, 이신은 이어서 말했다.

"그리고 한 가지, 천기 네가 반드시 알아둬야 할 사실이 있다."

"이제 와서 무엇을 말이냐?"

다소 퉁명스러운 담천기의 반문에 이신은 살짝 괴로운 듯한 표정을 지었지만, 이내 한숨을 내쉬며 말했다.

"후우, 어쩌면 연이가 살아 있을지도 모른다."

"……! 뭣?! 그, 그게 무슨 소리냐! 여, 연이가 살아 있다니!"

담천기의 표정에서 처음으로 여유가 사라졌다.

마교의 척을 지겠다는 이신의 말에도 괴로워할 뿐, 이리 여유가 없지는 않았다.

그만큼 이번 이신의 말은 그에게 있어서도 몹시 충격적이라는 소리였다.

다급히 설명을 바라는 담천기의 모습과 달리 이신은 덤덤하게 답했다.

"정확한 사실은 천마께 직접 듣도록 해. 나도 그 이상은 모르니까."

"천마께서… 연이의 생사를……."

담천기는 초점이 흐려진 눈으로 연신 땅바닥만 쳐다봤다.

그렇게 얼마의 시간이 지났을까?

담천기의 눈에 다시 초점이 돌아왔다. 그러고는 꼴도 보기 싫다는 듯 이신에게 등을 확 돌리면서 말했다.

"…가라. 이미 총사가 사람을 움직였다. 당장 돌아가지 않으면 위험할지도 몰라."

'설마?'

그 말에 단무린은 문득 생각했다.

어쩌면 담천기가 이곳에서 이신을 기다렸던 것은 그를 설득하는 것 외에도 이 사실을 가르쳐 주기 위함이 아니었을까?

물론 어디까지나 단무린 혼자만의 생각일 뿐, 진실은 담천기 본인 외에는 아무도 알 수 없었다.

한편 이신은 실로 고맙다는 표정으로 그를 바라봤다.

"천기……."

"착각하지 마. 이건 어디까지나 친구로서 마지막 남은 정일 뿐이니까. 그러니까……."

담천기의 고개가 뒤로 돌아갔다.

"다음은 없다."

"천기……."

검게 물든 그의 마안만 봐도 알 수 있듯이 담천기의 말은 그저 단순한 허세가 아니었다.

아마도 다음번에 그와 마주친다면 둘 중 한 명은 무사하지 못하리라.

그걸 잘 알기에 이신은 차마 발걸음이 떨어지지 않았다.

단무린이 옆에서 채근하고 나서야 겨우 움직일 수 있었다.

그렇게 두 사람의 모습이 저 멀리 사라질 때까지 담천기는 그 자리서 꿈쩍도 하지 않았다.

마치 뿌연 흙탕물처럼 혼란스러운 머릿속이 조금이나마 가라앉기를 기다리는 사람처럼 말이다.

                    *          *          *

　소유봉은 눈앞에서 벌어진 광경 앞에 차마 뭐라 할 말이
없었다.
　아니, 할 수가 없다는 게 정확한 표현이리라.
　"끄윽……!"
　고영천은 연신 신음성을 흘려댔다.
　평소라면 칼에 맞아도 신음조차 내지 않을 만큼 뛰어난 맷
집과 방호력을 자랑하던 그였으나, 지금 이 순간만큼은 어쩔
수 없었다.
　왜냐하면 그의 전신은 얼음으로 뒤덮여 있었다.
　만약 외부에서 조그마한 충격만 준다면 그의 몸은 그대로
얼음과 함께 부서져 내리리라.
　입신경에 이르러서 자연히 대성의 경지에까지 이른 한령마
기의 냉기는 그만큼 지독한 것이었다.
　그럼에도 용케 고영천의 숨이 붙어 있는 것은 이신에 의해
서 개조된 외공, 철혼갑의 공능 덕분이었다.
　그런 그의 모습을 문채희가 안타까운 시선으로 바라봤다.
　"가가……."

전신의 절반이 얼어붙은 고영천과 마찬가지로 문채희의 몰골 역시 말이 아니었다.

그녀는 정면에서 쏟아지는 한령마기를 창졸지간에 구유환보를 펼쳐서 가까스로 피하긴 했지만, 거리가 거리다 보니 완전히 피하는 것은 무리였다.

차가운 얼음 조각으로 뒤덮인 그녀의 오른쪽 얼굴이 그 중거였다.

아마도 이후 신수연이 냉기를 도로 거둔다고 한들, 문채희의 오른쪽 눈은 다시는 원래의 기능을 되찾지 못할 것이다.

거기다 얼굴 한쪽도 뭉개지고 말았으니 평생토록 한쪽 얼굴을 가린 채로 살아야 할 것이다.

여성에게 있어서 그보다 더한 고통은 없을 것이다.

그렇기에 소유붕은 은연중에 깨달았다.

문채희의 부상은 신수연이 일부러 그렇게 의도한 결과라는 것을.

이미 무위가 입신경에 이른 그녀였으니 이 정도는 그야말로 식은 죽 먹기였다.

그래서일까.

두 사람을 내려다보는 신수연의 무표정한 눈매가 유독 더 서늘하게 느껴졌다.

'어쩌다가 이리 된 걸까?'

문채희 부부가 배신만 하지 않았어도 이런 처참한 광경은 벌어지지도 않았을 텐데.

그랬다면 예전과 마찬가지로 서로 웃으면서 지냈을 텐데.

하나 그건 어디까지나 허무한 바람에 불과할 뿐이었다.

바로 그때였다.

"…이상해."

문득 신수연이 그리 중얼거렸다.

"뭐가 말입니까?"

소유붕이 묻자, 신수연은 살짝 아미를 찡그리면서 말했다.

"아무리 세화 언니를 인질로 잡았다지만, 겨우 둘이서 우리를 감당한다는 건 말이 안 되는 일이야."

실제로 신수연 한 명에게 문채희와 고영천은 어이없이 당하고 말았다.

과거 신수연이 빙정에 의해서 지배당했을 때에도 그들을 압도적으로 밀어붙였던 것을 고려하면, 이건 허술해도 너무 허술했다.

'뭔가가 더 있어.'

신수연이 막 그리 생각할 때였다.

쾅―!

그녀 등 뒤에 있던 벽이 부서지면서, 그 사이로 창백한 손 하나가 툭 튀어나온 것은.

갑자기 튀어나오는 손은 그대로 갈퀴 모양으로 화해서 신수연의 얼굴을 할퀴었다.

"위험합니다, 누님!"

놀란 소유붕이 경호성을 터뜨렸고, 그와 동시에 신수연이 움직였다.

휘이이이잉—

한차례 설풍이 휘몰아치더니 그대로 신수연의 신형이 장내에서 사라져 버렸다.

이에 예의 손은 간발의 차로 그녀를 놓치고 말았다.

으어어어어—

콰과광!

이에 지옥의 망자가 낼 법한 기괴한 신음성과 함께 벽이 완전히 다 무너져 내렸다.

흙먼지를 가르면서 등장한 팔의 주인을 보는 순간, 소유붕의 눈이 커졌다.

"고루강시!"

고루강시(骷髏僵尸).

지난 정마대전에서 동심회 무인들의 공포로 자리 잡은 마물이자 고루마종의 상징!

온몸의 피부가 창백한 건 둘째 치고, 마치 고목나무처럼 삐쩍 마른 체형은 고루강시의 대표적인 특징이었다.

'누님의 예상이 맞았어!'

문채희와 고영천 외에도 뭔가 다른 게 있을 거라고 예상하긴 했지만, 설마 그게 고루강시였을 줄이야.

강시의 무서움은 일반 사람과 달리 그 기척을 느낄 수 없다는 점에 있었다.

입신경의 고수인 신수연이 지근거리까지 접근해 올 때까지 눈치채지 못한 게 그 증거다.

하지만 한 번 육안으로 포착한 이상, 고루강시는 더 이상 그녀의 상대가 될 수 없었다.

그 사실은 이내 곧 증명되었다.

휘이이잉—

설풍과 함께 고루강시의 뒤에서 소유봉의 신형이 다시 나타났다.

이에 고루강시가 기민하게 반응했지만, 그보다 신수연의 우수가 움직이는 게 훨씬 더 빨랐다.

쩌저저적—!

순식간에 고루강시의 몸 위로 새하얀 서리가 내려앉았다.

고루강시는 어떻게든 냉기를 떨쳐 내려고 했지만, 다 헛수고였다.

결국 고루강시는 완전히 얼어붙어 버렸다.

자신이 만든 얼음 동상을 바라보던 신수연은 가볍게 손가락을 퉁겼다.

그러자.

팅! 와장창—!

마치 유리 조각이 깨지는 듯한 소리와 함께 고루강시의 얼어붙은 몸도 와르르 부서져 내렸다.

그 모습에 지켜보던 문채희 등은 경악을 금치 못했다.

설마 고루강시를 저리도 쉬이 해치우다니.

눈으로 보면서도 차마 믿기지 않았다.

그런 주변의 놀라움은 아랑곳없이 고루강시의 잔해를 내려다보면서 신수연이 자못 귀찮다는 얼굴로 중얼거렸다.

"성가시게 됐네."

고루강시를 상대한 게 성가시다는 게 아니었다.

기본적으로 고루강시는 결코 단독으로 움직이지 않는다.

검기조차 통하지 않을 만큼 내구도가 뛰어나지만, 반대로 이동 속도가 현저히 느리다는 치명적인 단점이 존재하기 때문이었다.

그렇기에 고루강시의 술자들은 기본적으로 한두 구의 고루강시가 아니라 십여 구 이상의 고루강시를 동시에 조종했다.

모자란 기동력을 충당하기로 하듯 쪽수로 적을 감싸서 아예 퇴로 자체를 막아버린 뒤, 그대로 섬멸하는 것.

그것이 고루강시의 기본 전술이었다.

오죽하면 정마대전 당시, 동심회 내에서는 고루강시를 상대할 때는 결코 놈들에게 둘러싸여선 안 된다는 게 기본 상식 중 하나로 자리 잡았을 정도다.

그런 고루강시 중 한 구와 마주쳤다는 건 이미 주변 일대가 다수의 고루강시에 의해서 둘러싸였다는 것을 의미했다.

실제로 무너진 벽 너머로 고루강시 떼가 우글거리는 게 보였다.

그야말로 최악의 상황!

소유붕의 고개가 문채희에게로 향했다.

"채희, 너 알고 있었지?"

"……."

소유붕의 물음에 문채희는 고개를 푹 숙인 채 묵묵부답이었다.

하나 그것만으로도 충분한 대답이 되었기에 소유붕의 얼굴이 일그러졌다.

'한낱 미끼에 불과했다니!'

분명 고루강시의 포위망이 완성되기 전까지 시간을 끄는 게 그들에게 주어진 역할이었을 것이다.

굳이 유세화를 인질로 삼은 것도 최대한 시간을 끌기 위한 방편 중 하나였을 것이고.

이에 소유붕은 속았다는 사실보다 그녀와 고영천이 한낱 시간 벌기용 미끼로 쓰고 버려진다는 사실에 더욱 분노하였다.

아무리 그래도 혈영대의 전 조장이었다.

그들은 정마대전을 종식시키는 데 일조했다고 과언이 아니었다.

한데 정작 그런 그들의 가치가 고작 이 정도밖에 되지 않는단 말인가?

'사마결, 이 개자식!'

소유봉은 가슴 깊숙한 곳에서 부글부글 끓어오르는 것을 느꼈다.

하나 지금은 그것을 무턱대고 외부로 분출할 때가 아니었다.

그 사실을 잘 알기에 소유봉은 그저 아랫입술을 꽉 깨물면서 안으로 삭힐 따름이었다.

그 사이, 신수연은 기절한 유세화를 바닥에 조심히 눕힌 뒤 바깥으로 나갔다.

으어어어어— 어어어어—

그러자 집 주변을 빈틈없이 둘러싼 고루강시 무리가 일제히 그녀를 향해서 유부의 망자와 같은 신음성을 흘렸지만, 정작 신수연은 눈 하나 깜짝하지 않았다.

방금 전 고루강시 하나를 눈 깜짝 할 새에 해치운 그녀였다.

제아무리 숫자가 많다고 한들, 그녀의 입장에선 한낱 피라

미에 불과할 뿐이었다.

이윽고 그녀의 무심한 시선이 한곳으로 향했다.

고루강시 무리가 아니라 그들의 뒤에서 뒷짐을 진 채 서 있는 깡마른 체형의 사내에게.

"역시 너였네, 해골바가지."

그녀의 말에 깡마른 사내는 음침한 웃음소리와 함께 말했다.

"흐흐흐, 검후께선 여전하시구려. 예나 지금이나 본인을 그리 부르는 사람은 오직 그대뿐이오."

해골바가지, 아니, 고루마종의 당대 종주 문위강과 신수연은 구면이었다.

같은 종주 후보이기도 한데다, 줄곧 전장에서 엮일 일이 많았으니까.

"왜 네가 여기 있는 거지?"

신수연의 물음에 문위강은 참으로 안타깝다는 표정으로 말했다.

"애석하구려. 설마 그대가 본교를 배신할 줄이야."

"배신?"

밑도 끝도 없는 문위강의 말에 신수연의 한쪽 눈썹이 꿈틀거렸다.

그러거나 말거나 문위강의 말은 계속 이어졌다.

"지금 막 본교 전체에 떨어졌소이다. 전 혈영대의 대주이자 당대 염마종주인 이신 그자를 당장 잡아들이라는 총사의 명령이."

"그게 무슨 소리지?"

다소 날이 선 신수연의 반응에 문위강은 예의 음산한 웃음소리와 함께 말했다.

"흐흐흐, 믿기 어렵지만, 감히 그자가 본교의 천마를 시해하려고 했다고 하더구려."

"뭐?"

신수연의 표정이 처음으로 일그러졌다.

천마 시해라니.

그것이 무엇을 의미하는지 모를 그녀가 아니었다.

신수연의 표정이 굳어지는 것을 본 문위강은 재미있다는 듯 말했다.

"설마 정마대전의 영웅이 이리 추락할 줄이야. 세상 참 오래 살고 볼 일이오."

말을 마치면서 문위강은 슬쩍 신수연의 눈치를 살폈다.

이신을 누구보다 믿고 따르던 그녀였다.

한데 그가 감히 천마를 시해하려고 했다는 사실이 밝혀졌으니 그 충격은 결코 가볍지 않을 터.

하나 그의 기대와 달리 신수연은 그저 냉랭한 눈빛으로 그를 노려보기만 할 뿐이었다.

이에 살짝 김이 샜지만, 문위강은 다시금 입을 열었다.

"아무튼 이미 이곳을 포함해서 마가촌 전역에 본종의 천라지망이 펼쳐졌소. 설령 그대라고 할지라도 쉽게 빠져나갈 수는 없을 것이오."

"……!"

고루마종의 천라지망.

그것은 다름 아닌 고루강시들로 이루어진 천라지망으로 그 위험도는 웬만한 천라지망 따위는 명함도 내밀지 못할 정도였다.

신수연도 그 사실을 잘 알기에 표정이 살짝이나마 굳어졌다.

이에 문위강은 한결 여유로운 표정으로 뒷짐을 지면서 말했다.

"괜히 힘 빼지 말고, 순순히 투항하시오. 어차피 다 무의미한 저항일 뿐이니까. 그나저나……."

이내 그의 몸에서 거친 살기가 피어오르기 시작했다.

"잘도 겁도 없이 본인의 고루강시를 건드렸더구려. 흐흐흐, 이 손해를 어찌 메울 생각이오?"

고루강시 한 구를 만들기 위한 재료비와 시간은 적지 않았다.

단순히 금액으로 환산하자면 어지간한 중소방파의 약 한 달간의 운영자금에 버금가는 수준이었다.

이에 신수연은 푸른 안개로 화한 한령마기를 갑옷처럼 전신에 두르면서 말했다.

"글쎄, 그게 네 목숨 값보다 비싸다고는 생각하지 않는데?"

"흐, 흐흐흐, 재, 재미있는 농담이구려……."

문위강은 애써 아무렇지 않게 대꾸했지만, 그의 등 뒤로는 식은땀이 주르륵 흘러내렸다.

이전에도 그녀의 한령마기는 위협적이었지만, 그렇다고 해서 단번에 고루강시를 얼려 버릴 정도까지는 아니었다.

즉, 그녀의 무위 자체가 정마대전 때보다 한층 더 진일보했다는 소리였다.

당시에도 그녀의 상대가 안 되었던 문위강이다.

이제는 나름 격차를 줄였다고 생각했는데, 오히려 차이가 더 벌어지고 말다니.

'불공평한 것도 정도가 있지!'

눈살을 찌푸리는 것도 잠시, 문위강은 막 생각난 듯 말했다.

"아, 그리고 보니 총사께서 말씀하셨소. 만약 투항할 의향이 있다면 굳이 건드리지 말라고. 물론 이신 그자는 제외하고 말이오."

그의 말에 신수연이 아닌 다른 이가 대꾸했다.

"흥! 놀고 있네! 누가 그 시커먼 속내를 모를 줄 알고? 말은 그리하면서 사실은 우리들끼리 자중지란을 일으키게 하려는 속셈 아닌가?"

"응? 네놈은 월음종의……?"

문위강이 실로 의외라는 듯 목소리의 주인, 소유붕을 바라봤다.

"천면호리, 설마 네놈도 여기에 있었을 줄이야. 이거 의외의 수확이로군."

그의 말에 소유붕이 콧방귀를 끼면서 말했다.

"헛소리 그만하시지. 총사의 개 주제에."

"흐흐흐, 그러는 너는 혈영사신의 개 아니었나?"

신수연 때와 달리 문위강은 소유붕에게 단 한마디도 지려고 하지 않았다.

신수연이야 자신과 같은 종주이지만, 소유붕은 기껏해야 월음종에서마저 내팽개쳐진 쓰레기가 아닌가?

이렇게 똑바로 눈을 마주치는 것조차 불쾌할 지경이었다.

그러다 문득 소유붕의 등 뒤에 업혀 있는 유세화에게로 시선이 옮겨갔다.

'저 계집은……'

생전 처음 보는 여인이었지만, 소유붕이 저리 챙기는 것을 보자 대충 그녀의 정체를 짐작할 수 있었다.

'혈영사신의 계집!'

동시에 사마결이 명령을 내리면서 은밀히 덧붙였던 말이 떠올랐다.

"다른 사람은 몰라도, 혈영사신의 계집만큼은 반드시 손에 넣게. 알겠나?"

정확하게 무엇 때문에 사마결이 유세화를 원하는지는 모른다.

아니, 알 필요가 없었다.

그는 앞으로의 마교가 총사 사마결에 의해서 돌아갈 거라고 확신하는 자 중 하나였다.

더욱이 고루마종은 그 특성상 다른 오대마종보다 막대한 예산을 필요로 한다.

이참에 제대로 눈도장을 찍어서 예산을 늘리고, 더불어서 사마결의 측근이 될 수 있다면 금상첨화였다.

슥―

두 눈이 탐욕으로 물드는 것도 잠시, 문위강은 이내 품 안에서 뭔가를 꺼내 들었다.

그걸 보자마자 신수연과 소유붕의 얼굴에 살짝 긴장한 기색이 엿보였다.

문위강이 꺼낸 것은 의외로 조그마한 방울이었는데, 겉보기와 달리 보통 방울이 아니었다.

바로 고루강시들을 조종하는 도구이자 고루마종의 신물, 혼마령(魂魔鈴)이었다.

"잡담은 여기서 끝내기로 하지."

스산한 말과 함께 문위강은 혼마령을 한 차례 흔들었다.

딸랑—

그러자 고루강시들이 일제히 방울 소리에 반응하였고,

딸랑—

또다시 방울 소리가 울리는 순간,

으어어어어어어어어어—!

소름 끼치는 울부짖음과 함께 고루강시들이 달려들기 시작했다.

"어, 어어? 으어억!"

신수연 등이 아닌 자신들의 주인, 문위강을 향해서!


*       *       *


'이, 이게 무슨……!'

고루강시들에게 공격받으면서 문위강의 뇌리에 내내 물음

표가 떠올랐다.

처음 만들어질 때부터 지금까지 온전히 자신의 손길에 의해서 탄생한 고루강시였다.

한데 그런 고루강시들이 어째서 혼마령의 공능을 무시하는 것도 모자라서 술자인 자신에게 달려든다는 말인가?

그의 상식에서는 결코 있을 수 없는 일이었다.

'혹시?'

혹여 혼마령이 잘못되었나 싶어서 살펴봤지만, 멀쩡했다.

고루강시를 통제하기 위한 술법도 제대로 펼쳐지고 있었다.

'그럼 도대체 뭐가 문제란 말이야!'

그러다 막 그의 바지끄덩이를 잡고 늘어지는 고루강시 한 구가 눈에 들어왔다.

'저건?'

평소라면 흑광이 번들거려야 할 고루강시의 눈에 난데없는 백색의 안광이 번뜩이고 있었다.

'그래, 저거다!'

저 백색의 안광!

전에 없던 저 안광의 영향으로 고루강시들이 자신의 명령에 따르지 않고 멋대로 행동하는 것이었다.

그리 확신한 문위강은 들러붙은 고루강시를 발로 내찬 뒤, 서둘러 사방을 두리번거렸다.

그리고 이내 곧 발견했다.

고루강시 무리 사이에 홀연히 서 있는 그 이질적인 존재를.

'저건?'

보라색 경장 차림에 꽤나 얌전해 보이는 인상의 미녀였다.

하나 그냥 미녀가 아니었다.

그녀의 이마에는 웬 백색의 보옥이 제삼의 눈처럼 자리 잡고 있었다.

거기다 보옥의 광채가 짙어질수록 고루강시들의 광태도 더욱 심해졌다.

그녀의 정체는 바로 지난날 이신이 북해빙궁의 성지에서 손에 넣은 수라마교의 유산이자 살아 있는 장서각, 시해마경이었다.

만약의 경우를 대비해서 이신은 그녀를 마가촌 근처에 은신시켜 두고 있었던 것이다.

물론 그 사실을 알 리 없는 문위강이었으나, 적어도 한 가지 사실만큼은 분명히 알 수 있었다.

'저년이구나!'

자신의 고루강시들을 멋대로 조종한 범인!

원리는 모르겠으나, 그녀가 범인임이 확실했다.

문위강은 단숨에 지면을 박차고 시해마경을 향해서 쇄도했다.

예상외로 기민한 그의 움직임에 소유봉 등이 살짝 놀란 눈치였다.

강시술을 주특기로 하는 고루마종의 종주라고 믿기 어려울 만큼 제법 높은 경지의 신법이었기 때문이었다.

흔히들 잊고 있는 사실이 있는데, 사실 문위강은 강시술의 대가임과 동시에 자신의 신체를 강시처럼 만드는 고루마공(骷髏魔功)의 고수이기도 했다.

그 사실이 외부에 잘 알려지지 않는 것은 어디까지나 문위강 스스로가 자신이 직접 나서기보다는 수중의 고루강시를 부리는 것을 훨씬 더 선호하기 때문이었다.

한데 그러는 게 불가능해졌으니 이리 직접 발로 뛰는 수밖에!

"요사스러운 것, 당장 그만두지 못할까!"

일갈과 함께 청광에 물든 문위강의 육장이 매섭게 바람을 가르며 날아갔다.

퍼벅—!

하나 그의 일장이 시해마경의 몸에 격중하는 순간, 마치 허물을 벗겨지듯이 그녀의 모습이 뒤바뀌었다.

으어어어어어—

고유의 울음소리와 함께 문위강의 육장에 맞고 쓰러진 것은 다름 아닌 고루강시였다.

'환술?!'

일순 문위강의 눈이 휘둥그레졌다.

졸지에 자신의 손으로 고루강시 한 구를 쓰러뜨렸다는 것보다도 시해마경이 자신의 눈마저 속일 정도의 환술을 펼쳤다는 사실에 더 놀란 눈치였다.

'도대체 저년의 정체가 뭐기에?'

이 정도의 환술은 아무나 사용할 수 있는 게 아니었다.

하나 그의 의문은 계속 이어지지 않았다.

부웅―!

좌우에 있던 고루강시 두 구가 문위강을 공격해 왔다.

문위강은 황급히 공격을 피하면서 혼마령을 흔들었다.

딸랑딸랑―!

이번에는 내력의 칠할 가까이를 퍼부어서일까?

절반 이상의 고루강시가 그의 방울 소리에 반응했다.

하지만 시해마경은 달리 살아 있는 장서각이라고 불리는 게 아니었다.

그녀는 문위강이 흔들어대는 혼마령의 원리를 단번에 분석해 냈고, 거기에 적합한 대응책을 곧바로 머릿속의 장서각에서 끄집어냈다.

삐이이이이이익―!

이윽고 청명한 휘파람 소리가 하늘 높이 울려 퍼졌다.

그러자 혼마령의 공능에 의해서 막 문위강에게로 되돌아가려던 고루강시들이 우뚝 멈춰 섰다.

"뭣?!"

한낱 휘파람 소리 따위에 혼마령의 공능이 밀리다니!

그럴 수밖에 없었다.

별거 아닌 것처럼 보이지만, 시해마경이 펼친 것은 과거 수라마교에서 일절로 손꼽히던 천음마성(天陰魔聲)이란 술법이었다.

휘파람 속의 미세한 음률의 변화를 이용하여 강시를 조종하는 고도의 음공이었는데, 시해마경은 거기서 그치지 않고 혼마령의 공능까지 파훼시켰다.

수라마교의 모든 비전을 알고 있는 시해마경이기에 가능한 재주였다.

하나 그 사실을 알 리 없는 문위강은 그저 고루마종의 유서 깊은 신물이 한낱 휘파람 따위에 밀렸다는 사실이 분하고 자존심 상할 따름이었다.

딸랑딸랑딸랑—!

곧바로 문위강은 만회하려는 듯 전보다 격렬하게 혼마령을 흔들어댔다.

휘이이이이이이이이—!

이에 예의 천음마성으로 맞서는 시해마경.

졸지에 사태는 혼마령과 천음마성의 대결로 번지고 말았다.

그러자 고루강시 무리는 이러지도 저러지도 못했다.

그 모습은 흡사 부모 중 누구의 말을 들어야 할지 헷갈려 하는 어린아이와 하등 다를 게 없어 보였다.

이에 지금껏 상황을 쭉 지켜보던 신수연의 눈에 이채가 떠올랐다.

그녀는 곧바로 소유붕에게 전음을 보냈다.

[지금이야.]

원래라면 문위강의 지휘 하에 촘촘한 천라지망을 형성해야 할 고루강시들이었다.

물론 그깟 천라지망이야 신수연이 작정하면 힘으로 뚫을 수 있지만, 문제는 그 다음이었다.

고루마종의 천라지망을 넘어서면 그 후엔 분명 더 무서운 고수들이 줄줄이 그들을 공격해 올 것이다.

그때를 위해서라도 여력을 남겨두지 않으면 안 되었다.

하나 그렇다고 해서 문위강이 이끄는 고루강시 무리를 무시하고 지나칠 수도 없는 노릇.

이러지도 저러지도 못하고 있었는데, 뜻밖에도 시해마경의 활약 덕분에 천라지망에 구멍이 숭숭 뚫려 버렸다.

거기다 문위강의 주의도 모두 시해마경에게 집중되어 있었다.

이런 절호의 기회를 절대 놓칠 수 없었다.

파팟—!

전음을 듣자마자 소유붕은 단숨에 신형을 날렸다!

그러자 유세화를 등에 업은 그의 신형은 순식간에 저 멀리까지 사라졌다.

딱히 어디서 보자는 말도 없었다.

전날 이신이 만에 하나라도 일이 잘못되면 곧장 운중장으로 귀환하라는 명령을 내렸기에 가능한 일이었다.

뒤이어 신수연도 막 신형을 옮기려던 찰나, 모옥 쪽에서 목소리가 들려왔다.

"언니!"

그녀를 붙잡은 것은 다름 아닌 문채희였다.

신수연은 뒤도 돌아보지도 않은 채 말했다.

"아직도 날 언니라고 불러주긴 하는구나."

다소 퉁명스러운 그녀의 말에도 문채희는 굴하지 않고 말했다.

"왜, 어째서 나랑 가가를 살려준 거야?"

솔직히 말해서 신수연의 손에 의해서 목숨을 잃어도 할 말이 없는 고영천 부부였다.

비록 사정이 있었다고 하지만, 결국 이신이 준 마지막 기회마저 저버린 그들이 아닌가.

하나 신수연은 그저 부상을 입히는 데서 그쳤다.

그것도 그냥 부상이 아니었다.

비록 얼굴 한쪽이 망가지긴 했지만, 그 외의 부상은 생각만큼 그리 심하지 않았다.

그녀뿐만 아니라 고영천의 부상 역시도 철혼갑을 꾸준히 계속 운용하면 몸 안의 냉기를 외부로 배출해 내서 얼마든지 다시 정상으로 돌아갈 여지가 있었다.

하지만 겉으로 보기에는 충분히 중상이었기에, 혹시라도 그들 부부가 과거 동료였다는 이유로 이신 일행을 일부러 봐줬다는 일말의 의혹마저 불식시키기에 충분했다.

자신들에게 벌을 내리기는커녕 오히려 살길을 열어준 것 같은 느낌!

당연히 문채희 입장에선 왜 그리했냐고 묻지 않을 수 없었다.

이에 신수연은 고개만 살짝 뒤로 돌리면서 말했다.

"원래는 나도 그러고 싶었어. 하지만……."

"하지만?"

"주군이 말했어. 비록 가는 길은 다르지만, 우리가 동료라는 사실은 절대로 변함이 없을 거라고."

"……!"

동료.

고작 그런 이유 때문에?

거기다 변절한 자신들을 여전히 같은 동료로 생각해 준다고?

'왜?!'

믿을 수 없는 사실 앞에 문채희의 동공이 제멋대로 마구 흔들렸다.

그러거나 말거나 신수연은 제 할 말만 계속했다.

"그러니까 한시도 잊지 마. 너희의 목숨은 너희의 것이되 너희의 것이 아니라는 사실을."

"우리의 것이되… 우리의 것이 아니다?"

얼핏 이해가 잘 안 되는 말이었으나, 곧 문채희는 고개를 끄덕였다.

만약 그럴 마음만 먹었으면 신수연은 당장에라도 두 사람의 목숨을 거둘 수 있었다.

한데도 그러지 않고 그들을 살려뒀으니, 실상 그들의 목숨은 이신 덕분에 연장되었다고 봐도 무방했다.

즉, 그들의 목숨은 그들 자신이 아니라 그들을 살려준 이신의 것이란 소리였다.

그리고 소유붕 못지않게 눈치 빠른 문채희가 그 말 뒤에 숨겨진 진짜 뜻을 모를 리 없었다.

거기에 신수연이 마지막 방점을 찍었다.

"반년, 그게 마지막이야."

이신이 문채희와 고영천을 기다려 줄 수 있는 최대한의 시간.

그 안에 모든 문제를 해결하고 돌아와라.

비록 이 자리에 이신은 없었지만, 대신 신수연의 입을 빌려서 그리 말하고 있었다.

그런 그의 의사는 문채희에게 고스란히 전해졌다.

이제 남은 것은 그녀 자신의 의지뿐이었다.

그렇게 커다란 숙제를 남긴 채 신수연은 사라졌다.

한편 시해마경과의 싸움이 잠시 소강상태에 이른 문위강은 무심코 주변을 살펴봤다가 뒤늦게 신수연 등이 사라진 것을 깨달았다.

'헉! 내가 그만 큰 실수를 저지르고 말았구나!'

내심 당혹감을 감추지 못하던 그는 때마침 한쪽에서 멍하니 서 있는 문채희에게 외쳤다.

"지금 뭐 하는 것이냐! 설마 본교의 배신자들이 달아나는 걸 그냥 구경만 하고 있었던 거냐?"

그의 꾸중에 문채희가 겨우 정신을 차렸다.

"…오라버니."

"닥쳐라! 누가 네년의 오라버니란 것이냐!"

문위강과 문채희.

성에서 알 수 있듯이 둘은 남이 아니었다.

문채희의 양부와 문위강의 아버지는 친형제였고, 따져보자면 둘은 사촌지간이었다.

물론 어디까지나 족보상으로만 그럴 뿐, 문위강은 문채희를 한 집안의 식구로 인정하지 않았다.

실제로 피가 전혀 섞이지 않았을 뿐더러 문채희의 원래 신분은 천하디 천한 하류층이었다.

당연히 뼛속까지 고루마종의 명맥을 이어온 명문가의 후예라고 자부하는 문위강이 굴러온 돌이나 다름없는 그녀를 인정할 리 만무했다.

거기다 문채희는 잘 모르지만, 실은 정마대전 당시, 혈영대의 활약 때문에 고루마종 내에서는 다음 대 종주 자리를 놓고 그와 문채희를 연신 저울질해 댔다.

결과적으로 문위강이 종주 자리에 오르긴 했으나, 그때 그녀와 비교당해야 했던 기억은 불쾌하다 못 해서 실로 치욕스러울 정도였다.

그때의 짜증을 이번에 제대로 풀겠다는 듯 몰아붙이려는 순간이었다.

휘이이이이익—

휘파람 소리와 함께 고루강시 몇 구가 난데없이 문위강을 향해서 달려들었다.

"어, 어엇! 이런 미친!"

그의 시선이 곧바로 시해마경에게로 향했다.

하필 이런 순간에 다시 고루강시를 조종해서 공격해 오다니.

나름 허를 찔린 격이라서 문위강은 허겁지겁 혼마령을 흔들면서 다시금 고루강시의 제어권을 되찾으려고 애썼다.

그러는 사이, 시해마경은 조용히 모습을 감추었다.

마치 그걸로 자신의 역할은 전부 다 끝났다는 것처럼.

그렇게 뜻밖의 변수로 인해서 고루마종의 천라지망은 어이없이 무너졌고, 결국 문위강은 이신 일행을 한 명도 잡지 못했다.

그 사실은 곧바로 총사 사마결의 귀에 들어갔다.

뭔가 불호령이 떨어질 거란 예상과 달리 사마결은 수고했다는 말과 함께 대기하고 있던 무인들을 전부 해산시켰다.

그리고 다음 날, 예정대로 일공자 담천기가 새로운 천마로 등극하였다.

그 사실은 이내 온 무림에 알려졌고, 당연히 크게 한바탕 난리가 났다.

무림맹과 천사련의 주인인 백염도제와 흑마신은 아직 건재한데, 어째서 천마가 자신의 자리를 담천기에게 내준 것인지에 대한 의문부터 시작해서 수많은 말이 저자에 떠돌아다니기 시작했다.

이에 혹자는 말했다.

무림에 새로운 변화의 바람이 불기 시작했다고.

第五章
추적(追跡)

운중장.

근 몇 달 만에 그곳으로 다시 돌아왔지만, 정작 이신 일행은 맘 편히 쉴 틈조차 없었다.

일공자 담천기가 끝내 새로운 천마로 등극했다는 소식이 그들의 귀에도 들어갔기 때문이다.

'결국 일이 이리 되었군.'

내심 그 사실을 안타깝게 여기는 이신이었다.

'내 말을 흘려들은 거냐, 천기.'

그건 아닐 것이다.

만약 정말로 담천기가 그의 말을 흘려들은 것이라면 천마 자리에 오름과 동시에 무림을 향해서 선전포고를 했을 것이다.

하나 지금의 중원은 새로운 천마가 탄생했다는 사실에 놀라고 당황하기만 할 뿐, 어디서도 전운의 전조는 느껴지지 않았다.

그나마 이를 불행 중 다행이라 여기면서 이신은 방 안에 모인 세 명의 조장을 바라봤다.

이미 마교에서 그들은 배신자로 낙인찍힌 상태였다.

전부 이신 자신 때문이다.

'설마 천마를 시해하려고 했다는 식의 죄목을 씌우다니, 총사답군.'

정마대전의 영웅에서 단번에 역모를 꾀한 죄인으로 전락하고 만 셈이었다.

참으로 통탄할 노릇이었지만, 이신은 별로 신경 쓰지 않았다.

어차피 유세화를 구하고자 천마와 맞서기로 한 순간부터 내심 각오한 일이었다. 하물며 이미 흑월이라는 적과도 맞서고 있던 그가 아닌가.

거기에 마교라는 적이 새로 추가된 것뿐이다.

이제 와서 적이 한두 명 더 늘어난 정도로 당황할 리 없었다.

다만 이 사실을 어떻게 잘 설명하느냐가 문제였다.

'어떻게 할까.'

나름대로 상황을 알고 있는 단무린과 달리 중간에 합류한 신수연이나 소유붕은 거의 아무것도 모르는 거나 마찬가지였다.

신중하게 말을 고르는 가운데, 문득 소유붕이 말했다.

"천마의 짓입니까?"

"······!"

이신이 놀라자, 소유붕은 피식 웃으면서 말했다.

"천마가 불러서 갔다가 도리어 봉변을 당하신 거 아닙니까. 당연히 그리 생각할 수밖에 없지요. 거기다······."

소유붕의 입꼬리가 슬쩍 올라갔다.

"정말로 주군이 그럴 생각이었다면, 새로운 천마는 주군이 되셨겠죠."

아부나 괜히 해보는 소리가 아니었다.

소유붕은 진정으로 이신의 능력이라면 가능하다고 여기고 있었다.

신수연도 마찬가지인지 말없이 고개를 끄덕여 댔다.

애당초 그들 모두가 이신이 마도의 종주를 넘어서 전 무림의 지배자가 되기에 충분한 자질과 실력이 있다고 여기고 있었다.

그렇기에 한낱 상관으로서가 아니라 무려 주군으로서 그를 섬기고 있는 게 아닌가?

소유붕이 이어서 말했다.

"그래서 앞으로 어쩌실 겁니까?"

그의 질문은 간단하면서도 의외로 중요한 질문이었다.

앞으로 혈영대가 가야 할 방침.

더 나아가서 그 방향성 자체를 결정할 수도 있는 물음이었기 때문이다.

"우선 여태까지처럼 유가장을 통해서가 아니라 보다 직접적으로 제갈세가나 무당파와 동맹을 맺어야 하는 거 아닙니까?"

소유붕의 말에 신수연이 내심 고개를 끄덕였다.

지금도 제갈세가 등과 연계를 하고 있긴 하지만, 어디까지나 유가장을 통해서일 뿐이었다.

보다 긴밀한 관계를 맺어야 할 필요성이 있었다.

그 말에 이신 대신 단무린이 답했다.

"그건 걱정할 것 없다, 제비."

"……? 무슨 뜻으로 하는 말이냐?"

"말 그대로다."

단무린은 이어서 말했다.

"이미 제갈세가는 유가장의 포목 사업뿐만 아니라 신수귀옹이라는 세가의 중진을 통해서 우리와 깊은 관계를 맺은 거나 다름없으니까."

실제로 신수귀옹은 운중장 개축이 끝났음에도 계속 이곳

에 머물러 있었다.

마의와 그의 손녀 구양소소 때문이었다.

더욱이 현재 무한지부에 그가 아끼는 제갈수련이 머물고 있어서, 여차하면 그녀를 핑계대고서라도 계속 눌러앉을 것으로 보였다.

뭣보다 신수귀옹은 명성도 명성이지만, 엄연히 제갈세가의 직계혈족이었다.

그런 그가 머무는 운중장을 건드린다는 것은 제갈세가의 권위에 도전하는 거나 마찬가지!

즉, 신수귀옹이 운중장에 머무는 한 제갈세가와의 동맹은 공고하다는 소리였다.

단무린의 설명에 소유붕도 수긍한다는 듯 고개를 끄덕였다.

"흠, 확실히 그건 그렇군. 그럼 무당파는?"

"…금와방."

"응?"

갑작스러운 신수연의 말에 소유붕이 눈을 휘둥그레 떴다.

여기서 뜬금없이 금와방 이야기가 왜 나온단 말인가?

그곳은 이미 흑월에 의해서 망한 지 오래이거늘.

'…아니, 잠깐?'

소유붕은 순간 뭔가 깨달은 표정을 지었다.

"…그렇군. 확실히 금와방 건이 있었어."

소유붕의 말에 단무린이 고개를 끄덕였다.

"이제야 좀 대화가 통하는군."

금와방.

그들은 원래 무당파의 속가 문파였다.

당연히 무당파의 지원 역시 받고 있었는데, 그런 그들이 알고 보니까 흑월이란 단체의 수족이었다.

만약 이 사실이 무림 전체에 알려지는 날에는 그날로 무당파의 명성은 땅으로 떨어지고 말 것이다.

현재 그 사실을 아는 것은 무림맹의 주요 인사 몇몇과 관련 당사자들뿐.

모르긴 몰라도, 지난날 무당파에서 운검을 무한으로 보낸 데에는 그에 대한 뒷수습도 포함되어 있었으리라.

하나 유가장과 이신의 입까지 완전히 막는다는 건 불가능했다.

그들은 다름 아닌 당사자들이었고, 직간접적으로 금와방에 의해서 이루 말할 수 없는 피해를 입어왔으니까.

거기에 무당파도 간접적으로나마 어느 정도 일조했다고 볼수 있으니, 만약 유가장에서 당장 이 사실을 공표한다고 해도 무당파로서는 막을 만한 명분이 전혀 없었다.

하나 유가장의 가주 유정검은 굳이 그 사실을 공표하지 않기로 했다.

만약 그리한다면 흑월에서 왜 유가장을 노렸는지에 대한 설명까지 해야 하고, 그리 되면 유세화의 신변이 위험해질지도 모르기 때문이다.

그 사실을 알 턱이 없는 무당파의 입장에선 그저 유정검에게 크나큰 빚을 졌다고밖에 여길 수 없었다.

하니 은원 관계의 투명성은 물론이거니와 명성을 목숨보다 중요시하는 정파의 특성상, 그들은 절대적으로 이신 등에게 협조적으로 나올 수밖에 없었다.

거기다 이신의 편이 되어줄 세력은 단순히 제갈세가와 무당파만 있는 게 아니었다.

"그리고 대정회 쪽도 간과해선 안 되지."

"음!"

지난날 환혼시마 구양명에 의해서 하마터면 대정회의 주축이 되는 구대문파의 후기지수들은 모조리 생강시로 제련될 뻔한 적이 있었다.

그리 되었다면 구대문파 입장에선 실로 막대한 피해와 함께 이루 말할 수 없는 수모도 동시에 겪어야 했을 것이다.

그걸 막은 것이 이신과 신수연이었다.

무당파를 넘어서 아예 구대문파 전체가 이신 일행에게 큰 빚을 진 것이다.

"이래 봬도 마교 제일의 타격대 겸 특작조였는데, 이젠 정파 무림의 인사들과 손을 잡게 되다니. 이거 참, 오래 살고 볼 일 이군."

소유붕의 말에 단무린 등도 동의한다는 듯 입가에 살짝 쓴 웃음을 머금었다.

어쨌든 간에 이로서 이신 일행이 홀로 마교나 흑월을 상대 하지 않아도 된다는 건 분명해졌다.

남은 것은 이제 하나뿐.

"사실 마교나 흑월을 상대하기 이전에 먼저 해야 할 일이 있 다."

이신의 말에 소유붕 등은 고개를 갸웃거렸다.

오직 단무린만 무슨 소리인지 알겠다는 얼굴로 소리 없이 고개를 끄덕일 뿐이었다.

눈치 빠른 소유붕이 그 사실을 눈치채지 못할 턱이 없었다.

"뭡니까? 도대체 무슨 일이기에 주군이랑 먹물, 둘이서만 음 흉하게 눈빛 교환하는 겁니까? 설마 두 사람……."

"한심하기는. 네놈 머릿속에 그 생각밖에 없는 거냐?"

단무린이 인상을 확 찌푸리면서 대놓고 면박을 줬다.

이에 소유붕은 전혀 굴하지 않고 말했다.

"그러니까 괜히 뜸들이지 말고, 뭔지 분명하게 말해. 안 그 럼 확 그냥 두 사람이서 몰래 이상한 짓 한다고 유 소저에게 꼬바르… 헉!"

소유붕은 말하다 말고 헛바람을 내뱉었다.

그도 모르는 사이에 그의 목덜미 아래로 반투명한 빙검이 얼음 특유의 서늘한 냉기와 함께 예리한 날을 번뜩이고 있었기 때문이다.

"…이상한 짓 뭐? 자세히 한 번 말해봐."

"그, 그게……!"

신수연의 스산하기 그지없는 물음에 소유붕은 차마 입을 열지 못했다.

뭐라도 한 마디 했다간 그대로 빙검이 그의 목을 베어버릴 것 같다는 불안감 때문이었다.

그야말로 절체절명의 위기에 빠진 거나 다름없는 그를 구한 것은 다름 아닌 이신이었다.

"잡담은 그만. 슬슬 본론으로 들어가도록 하지."

이신의 한 마디에 신수연은 언제 그랬냐는 듯 빙검을 회수한 뒤 그의 말을 경청했다.

소유붕도 십년감수했다는 표정으로 목덜미를 한번 매만진 뒤 이신을 바라봤다.

앞으로 자신들이 해야 할 일.

그에 관한 이야기를 하다가 잠시 삼천포로 빠졌을 뿐, 거기에 관해서 완전히 잊고 있지는 않았다.

모두가 그를 바라보는 가운데, 이신의 입이 열렸다.

"우리가 해야 할 일은 단 하나뿐이다."

그리고 이어지는 그의 말은 장내의 공기를 단숨에 얼어붙게 만들었다.

"담소연, 그 아이의 행방을 마교보다 먼저 찾는 거다."

"……!"

소유붕과 신수연은 차마 말을 잇지 못했다.

담소연.

천마의 막내딸인 그녀의 죽음이 정마대전의 시발점이 되었다는 걸 모르는 이는 아무도 없었다.

한데 난데없이 그녀의 행방을 찾아야 한다고 하다니.

이미 죽어서 땅에 묻힌 이를 무슨 수로 찾는다는 말인가?

그러나 이신이 괜한 헛소리를 할 턱이 없었다.

그렇다면 가능성은 하나뿐이었다.

"…설마 담 소저가 아직까지 살아 있는 겁니까?"

소유붕은 애써 침착하게 말했지만, 그의 목소리는 미세하게 떨리고 있었다.

이신 대신 단무린이 그의 물음에 답했다.

"사실이다. 천마가 직접 자신의 눈으로 확인했다더군."

이어서 정마대전 당시에 천마가 일단의 무리와 마주하고, 개중에서 담소연으로 보이는 소녀가 나타났다는 것부터 시작해서 담소연의 관이 텅 비어 있다는 것까지 천천히 설명했다.

단무린의 말이 끝나자마자 소유붕이 비틀거리면서 뒷걸음질 쳤다.

제대로 서 있기도 어려운지 벽에 몸을 기대면서 말했다.

"그럴 수가……!"

담소연이 살아 있는 것도 모자라서 어쩌면 생강시화 되었을지도 모른다니.

이 무슨 어처구니없는 일이란 말인가.

거기다 소유붕은 한 가지 사실 또한 깨달았다.

"그럼 지난 전쟁은……?"

그의 말에 단무린이 딱딱하게 굳은 얼굴로 답했다.

"알 수 없는 누군가의 농간이겠지."

마교와 중원 무림을 이간질시켜서 전쟁의 불길에 휩싸이게 만든 자들.

그들과 담소연을 데리고 간 자들은 분명 같은 세력이리라.

그리고 얼추 그들의 정체가 예상되었다.

'흑월일 것이다.'

정마대전의 후유증으로 피폐해진 터라 마교는 물론이거니와 중원의 각 주요 세력에 흑월의 세작들이 깊숙이 침투하였다.

만약 그대로 놔둔다면 흑막 뒤에 숨은 흑월에 의해서 천하가 돌아갈 판국.

거기다 또다시 제이차 정마대전이 발발한다면, 그때는 정말로 끝이었다.

"천기가 급하게 전쟁을 일으키지 않는 것도 그 때문일 거다."

앞서 이신은 담천기에게 담소연의 생존에 대해서 밝혔다.

아마도 그 후로 담천기는 그의 말이 진짜인지 아닌지부터 확인하려고 했을 것이다.

그리고 그 사실을 흑월 쪽에서 알게 된다면, 즉시 진실을 은폐하려고 들 터였다.

그전에 자신들이 먼저 움직여서 담소연을 확보해야 했다.

"또다시 놈들의 수작에 놀아나기 않기 위해서라도 우리가 먼저 선수를 쳐야 해."

그의 말에 동의하는 듯 세 조장이 고개를 끄덕였다.

하나 곧 소유붕이 말했다.

"그런데 어떻게 찾죠?"

담소연의 생사는 둘째치고라도 현재 그녀가 어디에 있는지 무슨 수로 찾는다는 말인가?

그의 물음에 이신은 대답 대신 한쪽으로 시선을 옮겼다.

"걱정할 것 없다. 방법은 우리가 아니라 그녀가 찾을 테니까."

그곳에는 수라마교의 살아 있는 장서각, 시해마경이 서 있었다.

"저 수라마교의 강시가 담 소저를 찾는다고요? 무슨 수로 말입니까?"

소유붕의 물음에 이신은 오히려 그에게 반문했다.

"왜 흑월에서는 굳이 연이를 납치했을까?"

"네? 그거야 정마대전을 일으키려고……."

"물론 그것도 하나의 이유가 될 수는 있겠지. 하나 단지 그 것뿐이라면 굳이 몰래 연이를 빼돌릴 필요는 없었어."

즉, 다른 꿍꿍이가 있다는 소리.

생각해 보니 확실히 이상하긴 했다.

이름난 고수도 아니고 하필이면 왜 병약하기로 소문난 그녀 를 납치한단 말인가?

그러나 세상에는 아무런 이유 없이 벌어지는 일은 존재하 지 않는다.

그 사실을 증명하듯 단무린이 말했다.

"아마도 담 소저는 강시로 제련되었을 가능성이 높을 거다."

"뭐, 강시라고?!"

왜 하필이면?

뇌리로 연신 물음표를 떠올리는 소유붕 등과 달리 이신은 그 이유를 어렴풋이 알고 있었다.

"아마도 혈강시를 복원하려는 속셈이었겠지."

"예?"

이신의 말에 모두가 그를 바라봤다.

혈강시라면 분명 과거 혈교를 대표하는 마물이었다.

한데 그것의 복원에 담소연이 필요한 이유가 뭐란 말인가?

모두의 의문 어린 시선에 이신은 담담하게 답했다.

"소소와 마찬가지로 연이 역시 절맥증을 앓고 있었으니까."

환혼빙인의 전신이자 모태라고 할 수 있는 혈교의 전설적인 마물, 혈강시!

그리고 환혼빙인이 그랬던 것처럼 혈강시의 제조에도 절맥증에 걸린 여아가 반드시 필요했다.

그 사실을 시해마경에게 기록되어 있는 비급을 통해서 직접 확인까지 마친 상황이었다.

문제는 그들이 어떻게 담소연의 절맥증에 대해서 알고 있었냐는 사실이었다.

구양소소의 경우에는 어릴 적부터 구양세가에게 쫓기던 와중이었기에 마의의 실력으로도 제대로 된 치료를 하기 어려웠다.

당장 영약을 구하는 것조차 버거웠으니까.

그렇기에 외견적으로도 눈에 띌 만큼의 변화가 있기에 누가 봐도 절맥증 환자라는 걸 알 수 있다.

하나 담소연의 경우에는 다르다.

그녀는 마교, 그것도 천마의 막내딸이었다.

그녀가 절맥증을 타고났다는 것을 알자마자 천마는 마교 제일의 의원을 붙여서 조기에 그것을 치료했다.

단일 세력으로서는 가히 최고라고 할 수 있는 마교에는 인재도, 영약도 모두 풍부했으니까.

덕분에 담소연은 남들보다 병약할지언정 구양소소처럼 주기적으로 심각한 발작에 시달리거나, 혹은 절맥증 환자 특유의 외견적인 변화도 거의 찾아볼 수 없었다.

그렇기에 천마나 몇몇 중진을 제외하면 마교 내부에서조차 그녀가 따로 절맥증을 앓고 있었다는 사실 자체를 몰랐다.

이신도 담천기가 따로 그 사실을 말해주지 않았다면 몰랐으리라.

어쩌면 이번 일의 배후에는 담소연의 절맥증에 대해서 잘 아는 자가 있었다고 보는 게 타당할 것이다.

그리고 그것은 아직까지 흑월이 마교 내부에까지 침투하지 않았다는 전제 자체를 무너뜨리는 결정적인 증거기도 했다.

'누굴까.'

궁금증이 일었지만, 중요한 건 그게 아니었다.

일단 담소연을 찾아야 한다.

그 후에 이 모든 일의 배후를 찾아도 늦지 않았다.

'곱게 죽지는 못할 거다.'

속으로 서늘하기 짝이 없는 다짐을 하면서 이신은 말했다.

"놈들의 목적은 혈강시의 완전한 복원이다. 그것 외에는 달리 놈들이 연이를 납치할 만한 이유가 없어. 그렇기에 시해마경의 힘이 필요한 것이고."

"어떤 식으로 도움이 된다는 겁니까?"

빙빙 돌아가던 이야기는 다시금 원점으로 돌아왔다.

모두를 대표한 소유붕의 물음에 이신은 한 치의 망설임 없이 답했다.

"혈강시를 제련하기 위해서 필요한 건 구음절맥지체뿐만이 아니야."

여타 강시를 제련할 때도 그렇지만, 보통 강시를 제련하는 데에는 이루 말할 수 없는 재료들이 들어간다.

개중에서도 혈강시를 제련하기 위해서 반드시 필요한 재료가 존재했다.

"혈석(血石)."

"혈석?"

생전 처음 들어보는 단어의 등장 앞에 신수연과 소유붕은 서로의 얼굴만 바라봤다.

유일하게 단무린만 뭔가 알겠다는 표정으로 뇌까렸다.

"…과연 그래서 혈강시라고 불리는 건가?"

환마종에 존재하는 모든 지식을 소화한 천재답게 단무린은 혈석의 존재에 대해서 아는 눈치였다.

소유붕이 답답하다는 듯 가슴팍을 두드리면서 말했다.

"아우! 또 둘이서만 아는 이야기야? 도대체 그 혈석이 뭐길래 그러는 거야? 거, 괜히 사람 궁금하게 하지 말고, 어서 빨리 말해봐."

그의 채근에 단무린이 말했다.

"말 그대로 피처럼 붉은 돌을 말하는 거다. 다만 일반적인 돌처럼 자연적으로 만들어질 수는 없는 물건이지."

"그럼?"

"사람의 목숨을 필요로 하지. 그것도 꽤나 적지 않은 숫자의."

"으음!"

어쩐지 이름부터 불길하다 싶었더니, 그런 지저분한 내막이 존재했을 줄이야.

소유붕은 애써 불쾌함을 억누르면서 말했다.

"몇 명의 목숨이나 필요로 하는데? 수십 명? 아니면 넉넉잡아서 수백?"

"……."

소유붕의 물음에 단무린은 잠시 아무런 말도 하지 않았다.

슬쩍 곁눈질로 이신의 눈치를 살피더니 그가 허락하듯 고개를 끄덕이고 나서야 입을 열었다.

"수만 명이다."

"……!"

단무린의 말이 끝나기 무섭게 장내가 얼어붙은 듯 조용해졌다.

수십, 수백도 아니고 무려 수만 명의 희생이라니. 단위부터가 이미 상식을 초월했다.

덕분에 더 듣지 않아도 혈석이라는 것이 얼마나 불길한 물건인지 여실히 알 수 있었다.

소유붕은 고개를 내저으면서 말했다.

"미치겠군, 도대체 뭘 어쩌자고 그런 불길한 물건을……. 아니, 그보다도 뭔가 말이 안 되는데? 도대체 그만한 인원을 어디서 충당한다는 거야?"

수십 명 정도면 몰라도, 그 정도로 천문학적인 숫자의 사람들이 동시에 희생된다면, 결코 주변에서 눈치채지 못할 턱이 없을 텐데 말이다.

그때, 내내 가만히 이야기를 듣고 있던 신수연이 불쑥 입을 열었다.

"…정마대전."

"응? 아, 아아……!"

처음엔 뜬금없다 싶은 반응을 보이는 것도 잠시, 곧 소유붕은 경악을 감추지 못했다.

곧바로 그의 시선이 이신에게로 향했다.

"서, 설마 이겁니까? 놈들이 정마대전을 일으켰던 진짜 목적이?"

"그래."

"이런, 빌어먹을······!!!"

단숨에 소유붕의 얼굴이 분노로 가득 일그러져 있었다.

정마대전.

말 그대로 크나큰 전쟁이었고, 전쟁에는 언제나 크나큰 희생이 따르게 마련이었다.

뭣보다 마지막 전투 때, 그가 이끌던 이조를 비롯한 모든 혈영대 무인이 전멸하고 말았다.

당시에는 자신들의 손으로 마교를 지켰다는 자부심과 어쩔 수 없는 희생이었다는 합리화 속에서 애써 수하들의 죽음에 대한 슬픔을 가슴 속에 묻어뒀다.

한데 정마대전 자체가 혈석을 제조하기 위한 하나의 수단이자 방편이었다?

그런 말도 안 되는 잔인한 진실 앞에 냉정을 유지하기란 결코 쉬운 일이 아니었다.

평소라면 이신 앞에서 욕지거리를 내뱉는 소유붕에게 한 소리 했을 단무린이었지만, 그도 이번만큼은 아무 말도 하지 않고 굳은 얼굴로 주먹만 불끈 쥘 따름이었다.

잠시 후, 신수연이 싸늘한 표정으로 말했다.

"그래서 그 혈석이란 것을 언급한 이유가 뭐죠?"

얼추 짐작은 되었으나, 신수연은 보다 확실한 대답을 원했다.

그건 다른 이들도 마찬가지인 듯 모두의 시선이 이신에게로
향했다.

그렇게 분노 어린 살기가 장내를 가득 채운 가운데, 이신이
입을 열었다.

"혈석에는 고유의 파동이랄까. 그런 게 존재한다더군."

"파동이요?"

"그래. 그 파동은 일반적인 방법으로는 감지할 수 없지만,
딱 한 가지 감지할 수 있는 방법이 있지."

"그게 뭡니까?"

"혈석에는 한 가지 재미있는 특성이 있거든. 그건 바로……."

소유붕의 물음에 답하면서 이신의 시선이 시해마경, 정확히
는 그녀의 이마 한 가운데 박혀 있는 백색의 보옥으로 향했다.

"같은 혈석끼리 공명 반응을 일으킨다는 거다."

"아!"

설마 시해마경을 제어하는 보옥의 정체가 혈석이었다니.

거기다 혈석에 그런 특성이 존재했을 줄이야.

이는 혈석 고유의 파동끼리 서로 얽히면서 생기는 현상이었
지만, 굳이 거기까지 설명할 필요는 없었다.

요는 근처에 혈석이 존재한다면 시해마경이 금세 감지해 낼
수 있다는 소리였다.

하지만 정작 지금 시해마경의 보옥은 별다른 변화를 보이

지 않았다.

그 말은 즉, 일정 거리 안에 다른 혈석이 존재해야만 공명 반응을 일으킨다는 것일 터.

이에 대한 지적을 하자, 이신은 의미심장한 미소를 지으면서 말했다.

"걱정하지 마라. 설령 거리가 멀더라도 대략적인 방향 정도는 감지해 낼 수 있다고 하니까."

혈석이 있는 방향을 알 수 있다.

확실히 그냥 무작정 주변을 뒤지는 것보다야 훨씬 나았다.

그래도 영 안심이 안 되는 듯 소유붕이 말했다.

"그래 가지고 과연 우리가 마교보다 먼저 담 소저를 찾아낼 수 있긴 할까요?"

"물론 그것만 가지고는 무리지."

"예?"

소유붕의 반문과 함께 이신은 단무린을 바라봤다.

단무린은 즉각 품 안에서 서류 뭉치를 꺼내서 책상 위에다 펼쳤다.

여러 가지 숫자와 도표가 어지럽게 나열되어 있는 서류를 보자마자 소유붕은 살짝 눈앞이 어지러워지는 것을 애써 참으면서 말했다.

"이, 이건?"

"어제 형님께서 특별히 조사하라고 각 성의 물류 유통량의 평균치에 대해서 비교 분석한 보고서다."

"물류 유통?"

"정확하게는 정마대전이 끝나기 전과 후의 유통량 차이를 비교한 것이지."

"으음……!"

이신의 덧붙이는 말에 불구하고, 소유붕은 더욱 아리송하다는 표정이었다.

물류의 유통량을 비교하는 게 담소연의 행방을 찾는 것과 대관절 무슨 연관이 있다는 말인가?

이해할 수 없다는 소유붕의 표정에 단무린이 혀를 내차면서 말했다.

"쯔쯔쯧, 이렇게 말귀가 어두워서야, 원. 아직도 무슨 뜻인지 모르겠나?"

"거 듣는 사람 약 올리지 말고, 빨리 무슨 뜻인지 알기 쉽게 설명이나 해 봐."

어차피 생각하는 건 자신의 몫이 아니었다.

소유붕은 그리 간단히 여기고 넘어가려고 하는데, 뜻밖에도 신수연이 입을 열었다.

"…혹시 혈강시를 만드는 데 필요한 재료들, 그것들의 유통량을 비교 분석해서 수색 범위를 좁히자는 건가요?"

"네. 정답입니다, 검후."

단무린은 살짝 놀란 표정으로 그녀를 바라봤다.

비록 단서를 다 주긴 했지만, 이렇게 빨리 눈치채다니.

가끔씩 보다 보면 예리한 구석이 있는 그녀였다.

소유붕도 뒤늦게 무릎을 탁 치면서 말했다.

"그렇군! 일단 물류의 유통량을 비교해서 수색 범위를 좁힌 다음, 저 시해마경이라는 강시의 공명 능력으로 혈석의 위치를 찾는다. 그럼 그곳에 담 소저가 있을 확률이 높다는 거군!"

확실히 이 방법이면 충분히 마교보다 자신들이 먼저 담소연의 행방을 찾을 수 있었다.

뭣보다 마교 측에는 혈강시 제조법에 관한 정보가 전혀 없었다.

당연히 이신 일행이 사용한 방법은 아예 시도조차 불가능했다.

소유붕의 말에 단무린이 작게 고개를 끄덕이면서 말했다.

"이제야 머리를 쓰는구나, 제비."

"시끄러워! 그보다 주군, 어서 움직이시죠! 한시가 급합니다!"

소유붕은 당장에라도 바깥으로 뛰쳐나갈 태세였다.

이전까지 흑월과 대적할 때는 다소 수동적으로 반응하던 것과는 판이하게 달랐다.

그도 그럴 게 그때는 어디까지나 이신의 정인인 유세화를 지킨다는, 지극히 개인적인 목적에 불과했다.

하나 지금은 그때와 달랐다.

유세화를 지키는 것을 넘어서 지난 정마대전 때 희생된 부하의 복수를 갚는 것까지 포함되어 있었다.

없던 의욕도 샘솟을 수밖에 없었다.

그렇게 모두가 의욕으로 불타는 가운데, 이신의 시선이 서류 중에서 중원 전체를 표시한 지도로 향했다.

그 지도에는 물류의 이동 과정이 직관적으로 표시하고 있었는데, 개중 물류의 유통량이 유독 다른 지역보다 집중된 곳이 있었다.

그곳의 이름을 저도 모르게 곱씹었다.

"안평(安平)."

하북 남부에 위치한 현.

그곳은 바로 진주언가(珍州彦家)의 본거지였다.

第六章
무풍곡(無風谷)

보름 뒤.

한 무리의 인마가 안평현에 들어섰다.

꽤나 길게 이어지는 인마의 행렬을 사람들은 신기하게 바라봤다.

"처음 보는 깃발인데, 어디 상단이지?"

"듣자하니 호북 쪽이라고 하더구먼."

"허, 그 먼 데서 여기까지 오다니. 어지간히도 상권을 넓히려고 안달이 났구만."

그들이 수군대는 소리에 행렬의 가장 앞에 서 있는 방갓 사내는 슬쩍 눈길을 줬다.

그러자 사람들은 언제 떠들었냐는 듯 찍소리도 못 하고 조용해졌다.

방갓 사이로 엿보이는 잘 벼려진 칼처럼 날카로운 눈빛도 눈빛이지만, 뭣보다 사내의 오른손이 은근슬쩍 허리춤에 매달려 있는 장검 쪽으로 향하는 것이 눈에 보였기 때문이다.

자칫 그의 신경을 거슬리게 했다간 크게 경을 칠 수도 있을 노릇.

특히 이곳은 진주언가의 구역이니만큼 그들은 누구보다도 무림인에 대해서 잘 알았다.

정사마를 막론하고 자신보다 약한 자들에게 극도로 잔인하고 무자비한 것이 무림인이란 족속이었다.

설령 정파의 무림인이라고 한들, 그들 역시 무공을 익히지 않은 양민들을 자신보다 아랫사람으로 여기기는 매한가지였다.

그렇기에 아무리 자기들끼리 정사마니, 뭐니 구분 짓는다고 하지만, 정작 양민들 입장에선 그놈이 그놈이었다.

해서 어지간하면 무림인들과 엮이지 말라는 격언이 따로 전해질 정도였다.

물론 가장 최선은 아예 처음부터 그들과 마주치지 않는 것이었지만 말이다.

그렇게 중인들의 입을 다물게 만든 방갓 사내의 이어지는 행동은 다소 뜻밖이었다.

"이보시오, 주인장. 말씀 좀 물읍시다."

"뭐, 뭘 말입니까요?"

엉겁결에 질문을 받은 가판대 주인은 딱 봐도 겁먹은 얼굴로 방갓 사내를 바라봤다.

이에 방갓 사내는 싱긋 웃으면서 말했다.

"별거 아니오. 그저 내가 여긴 초행이라서 그런데, 이 근방에서 제일 큰 객잔이 어디요?"

"어, 어어… 그거라면 저, 저기 서영객잔이 제일 크, 큽니다만……."

가판대 주인이 손가락으로 가리키는 방향을 바라보자 딱봐도 규모가 상당한 이층 건물이 보였다.

방갓 사내가 고개를 끄덕였다.

"과연. 확실히 저 정도면 우리 상단 사람들이 머물기에 충분하겠군. 고맙소이다, 주인장. 내 비록 약소하지만 이걸로라도 고마움을 표하겠소. 가볍게 약주라도 한잔하시구려."

방갓 사내는 통 크게도 무려 은전 하나를 가판대 주인의 손에다 덥석 쥐어줬다.

그러고는 그대로 일행을 이끌고 객잔으로 향했다.

멀어지는 방갓 사내의 뒷모습을 멍하니 바라보는 것도 잠시, 이내 가판대 주인의 입꼬리가 올라갔다.

난데없는 액운이 찾아오는 줄 알았는데, 이제 보니까 인심 후덕한 재신이 아닌가?

주변 사람들이 내심 그를 부럽다는 눈길로 쳐다봤다.

고작 길 안내 한 번으로 하루 종일 장사해도 벌기 힘든 은전을 공짜로 벌었으니 어찌 부럽지 않겠는가?

하나 단 한 사람만은 조금 남들과 다른 시선으로 가판대 주인을 바라봤다.

바로 인근 객잔의 이 층 창문가에 앉아 있던 흑의청년, 이신이었다.

"수상쩍군."

난데없는 이신의 말에 맞은편에서 소면을 먹고 있던 미공자, 소유붕이 의아한 표정을 지었다.

"갑자기 그게 무슨 소리십니까?"

이신은 대답 대신 턱 끝으로 가판대 주인을 가리켰다.

이에 소유붕도 가판대 주인을 향해서 시선을 옮겼다.

"음, 겉으로 보기엔 별로 이상할 걸 모르겠는데요?"

가판대 주인에게서는 딱히 무공을 익히거나 위장한 흔적을 찾아볼 수 없었다.

도대체 이신은 뭘 봤기에 저자가 이상하다고 하는 걸까.

"하긴, 넌 제대로 보지도 못했겠군."

소유붕은 중간에 소면 먹는 데에 정신이 팔려서 정확하게 방갓 사내와 가판대 주인 간에 무슨 일이 있었는지 보지 못했다.

하나 이신은 다르다.

그는 처음부터 끝까지 다 지켜봐서 알고 있었다.

방갓 사내가 가판대 주인의 손에 은전을 쥐어주는 그 순간, 은전 뒤에 뭔가를 숨긴 채로 함께 건네주는 것을.

그리고 모두가 은전에만 시선이 팔려 있을 때, 가판대 주인이 그것만 몰래 허리춤의 전낭에다 챙겨 넣는 것까지 빼먹지 않고 봤다.

그러한 이신의 설명에 소유붕도 그제야 미심쩍은 눈길로 가판대 주인을 바라봤다.

"확실히 그건 이상하군요."

분명 방갓 사내가 처음에 자신의 입으로 이곳 안평이 초행이라고 말하고, 그런 그에게 가판대 주인은 이 고장의 토박이답게 적절한 객잔까지 안내해 주는 것까지는 그도 직접 봤다.

거기까지만 보면 일반적인 초행길에 오른 상단의 책임자와 인근 주민의 대화 그 이상도, 이하도 아니었다.

한데 그런 두 사람이 초면임에도 뭔가를 은밀히 주고받았다?

수상쩍어도 너무 수상쩍었다.

어쩌면 앞서 가판대 주인이 특정 객잔을 언급한 것도 사전에 미리 정해놓은 것일지도 모른다는 생각까지 들었다.

'이거 참, 도착하자마자 이런 일을 겪다니.'

하필이면 담소연의 행방을 쫓고자 하는 와중에 마주친 수상한 작자들이라니.

우연이라 보기엔 너무 공교로웠다.

'어쩌면……'

그들과 자신들이 서로 무관하지 않을 지도 모른다는 예감이 얼핏 들었다.

하지만 그건 누가 생각해 봐도 너무 앞서가는 것이었다.

그냥 자신들과는 전혀 상관없는 자들일 수도 있지 않은가?

그렇게 생각하는 가운데, 이신이 불쑥 입을 열었다.

"한번 조사해 볼 필요는 있겠군."

"…네?"

소유붕은 순간 무슨 소리냐는 얼굴로 이신을 바라봤다.

지금 자신들이 이번 하북 땅까지 온 것은 순전히 담소연의 행방을 쫓기 위해서였다.

비록 신수연은 유세화의 호위를 위해서 운중장에 남았으나, 그녀 역시 본심은 하루라도 빨리 담소연을 찾아내는 것이었다.

그만큼이나 중요한 목적을 가지고 왔는데, 정작 도착하자마자 엉뚱한 데다 한눈을 팔다니.

다소 이신답지 않았다.

하나 그것은 엄연히 섣부른 판단이었다. 이어지는 이신의 말이 그것을 증명했다.

"내가 알기로 무한의 상단 가운데서 하북 쪽으로 진출하는 곳은 어디에도 없어."

즉, 방갓 사내를 위시한 상단 행렬 자체가 엄연히 위장된 신분일 가능성이 높다는 소리였다.

"어쩌면 그들과 연관되어 있을지도 모르지."

"그들이라면?"

소유붕의 물음에 이신은 육성이 아닌 전음으로 답했다.

[흑월.]

"……!"

소유붕의 눈이 순간 휘둥그레졌다.

흑월.

그들은 사실상 중원에서 벌어지고 있는 모든 일의 뒤에 있다고 해도 과언이 아닌 흑막 세력이었다.

한데 방갓 사내 일행과 흑월이 서로 연관이 있을지도 모른다고?

[어째서 그런 생각을?]

[진주언가도 지난날 금와방처럼 흑월과 깊게 연관되어 있다고 여겨지는 상황이지.]

물론 어디까지나 심증이었기에 안평에 도착하자마자 단무

린에게 정보를 모아오라고 지시해 둔 상태였다.

이신과 소유붕이 객잔에서 시간을 때우고 있었던 것도 그래서였다.

그런 진주언가의 구역에 웬 수상쩍은 자들이 나타났다?

그것도 상단으로 위장한 채?

그저 단순한 우연이라고 보기 어려웠다.

더욱이 잊어서는 안 되는 사실이 또 하나 있었다.

담천기가 동생 담소연의 생존에 대해서 알고 되었다는 사실이 과연 흑월의 귀에 들어가지 않았을까?

거기다 담천기와 그들은 서로 협력하는 사이가 아니던가.

[내가 만약 그들의 수장이라면 어떤 식으로든 빠르게 조치를 취할 거라고 보는데, 어찌 생각하느냐?]

[으음……!]

이신의 설명을 들어보니 확실히 그러했다.

자신이 흑월의 수장이더라도 벌써 조치를 취하고도 남았다.

[그러니 기존의 계획과 별개로 네가 저들을 몰래 은밀히 감시했으면 하는데, 가능하겠느냐?]

이신의 물음에 소유붕의 입꼬리가 올라갔다.

[그 정도야 식은 죽 먹기죠.]

말이 떨어지기 무섭게 소유붕의 신형이 스르르륵— 사라졌다.

그는 어느덧 창밖 너머로 나가서는 앞서 방갓 사내 일행이 향한 서영객잔 쪽으로 이동한 지 오래였다.

그런 그의 뒷모습을 보면서 이신의 입꼬리가 살짝 올라갔다.

'여전히 자신감이 넘치는군.'

소유붕은 혈영대 내에서 경신술뿐만 아니라 은신술의 경지도 가장 높았다.

천변호리라는 별호는 괜히 붙은 게 아니었다.

본디 월음종 출신의 마교도들은 경신술만큼이나 주안술이나 역용에 관련한 공부에도 나름 일가견이 있는 게 특징이었다.

그중에서도 소유붕은 특별했다.

스스로 드러내지 않았을 뿐, 그의 자질은 당대 월음종주도 따라갈 수 없는 수준이었다.

그런 그에게 감시 정도야 스스로 자신했듯 누워서 떡먹기나 마찬가지였다.

'이걸로 저들에 관해선 당분간 신경을 꺼도 되겠군.'

어차피 혈석의 추적은 그와 시해마경, 단둘만 있어도 충분했다.

단무린은 몰라도 소유붕까지 함께 대동하는 것은 혹시나 모를 사태에 대비한 것.

지금이 바로 그 순간이었다.

"그나저나 이제 무린이 올 때가 되었는데……."

시간을 가늠하면서 이신이 그리 중얼거릴 때였다.

[형님.]

갑자기 들려온 전음.

전음성의 주인은 지금 막 이신이 언급한 단무린이었다.

그의 전음에 이신은 자연스레 자리에서 일어나더니 계산을 치르고 바깥으로 나왔다.

바깥으로 나와서 으슥한 골목으로 들어서는 순간, 그의 그림자에서 단무린이 솟아올랐다.

"알아냈느냐?"

이신의 물음에 단무린은 고개를 끄덕였다.

"형님의 말씀대로 그 재료들을 구입한 건 진주언가가 맞았습니다. 그들의 이면장부에도 구입 내역이 하나도 빠짐없이 기록되어 있고요."

"세가 차원에서 지출된 품목이더냐?"

이신의 물음에 단무린이 고개를 내저었다.

"이면장부에만 기록되어 있을 뿐, 정작 진주언가의 식솔들은 전혀 그에 관해서 모르고 있었습니다. 진주언가 자체의 예산에도 책정되어 있지 않고요."

"예산에 책정되지 않은 지출이라. 그럼 순전히 개인 주머니에서 나온 돈이란 말이군."

"맞습니다."

확실히 그렇지 않고서는 그만한 양의 재료들을 구입했음에도 가문에서 모른다는 건 말이 안 되었다.

어딘가에서 몰래 자금을 유통 받았으니까 그간 들키지 않고 계속 꾸준히 혈강시를 제련하기 위한 재료를 구입할 수 있었던 것이다.

"알아보니 진주언가의 태상가주 혼자서 현 가주 몰래 물밑 아래서 진행하는 일이었습니다."

즉, 진주언가 자체는 이번 일과 전혀 무관하다는 소리.

흑월과의 접점이 있는 것으로 추정되는 것은 어디까지나 태상가주뿐이었다.

"태상가주라. 한번 들어본 기억이 나는군."

진주언가는 본래 구양세가가 등장하기 이전에 강시술 관련으로 가장 유명한 세가였다.

하나 그들의 강시는 구양세가가 내놓은 환혼빙인에게 밀려서 빛을 보지 못했고, 심지어 강시술의 전문가라는 명성이나 인지도마저 모조리 구양세가에게 빼앗기고 말았다.

이에 관해서 진주언가의 태상가주, 그러니까 당시의 가주 언추운이 엄청난 분노와 시기를 느꼈다는 것은 꽤나 유명한 이야기였다.

'이번 일은 그러한 시기의 연장선인가?'

구양세가보다 더 나은 강시를 만들고 말겠다는 일념!

확실히 동기로서는 적합했다.

"문제는 그만한 돈을 어디서 구했냐는 건데……."

"금와방과 비슷한 경우가 아닐까요?"

단무린이 내놓은 추측에 이신은 고개를 끄덕였다.

"확실히 그 경우와 비슷하군."

금와방주도 흑월의 전폭적인 지원이 있었기에 그만큼의 부를 축적할 수 있었다.

언추운도 필시 그런 식으로 자금을 융통한 것이리라.

"그래서 재료들은 어디로 옮겼다더냐?"

가문 몰래 구입한 재료들을 바보같이 가문의 창고 안에다 보관해 둘 리는 없었다.

거기다 강시를 제련하려면 따로 그를 위한 공간도 마련해야 할 터.

아마도 그곳에 담소연의 행방에 대한 단서가 있을 가능성이 높았다.

이윽고 단무린이 말했다.

"무풍곡(無風谷)이라는 곳입니다."

*　　　*　　　*

저녁 무렵.

서영객잔의 별채에서 방갓 사내는 한 사내와 마주하고 있었다.

사내의 이름은 곽영.

방갓 사내, 방덕심의 오른팔이었다.

"갑자기 무슨 일인가, 부대주? 이제 곧 있으면 작전 시간인데."

"그게……."

방덕심의 물음에 곽영은 쉬이 입을 열지 않았다.

이에 방덕심이 몇 차례 더 재촉하고 나서야 그는 겨우 입을 열었다.

"…정말 이래도 되는 겁니까, 대주?"

"뭐?"

곽영의 우려 섞인 물음에 방덕심은 그게 무슨 뜻이냐는 표정으로 그를 바라봤다.

이에 곽영은 조심스레 말을 이었다.

"이곳은 엄연히 정파, 그것도 진주언가의 구역 아닙니까? 이런 곳에 저희들이 와도 되는 겁니까? 행여 저희의 정체가 발각되기라도 한다면……."

곽영의 걱정에 방덕심은 피식 웃으면서 말했다.

"쓸데없는 걸 다 걱정하는군. 위에서도 다 생각하고 내린 명령일세. 거기에 의문을 품지 말게."

"그래도……."

"어허! 지금 그분께서 내리신 명령에 항명하겠다는 건가?"

"그, 그건 아닙니다. 어찌 감히 그런……."

얼른 고개를 내저으면서 부정했지만, 내심 곽영은 석연치 않아 하는 눈치였다.

'이상하군. 도대체 그분께선 왜 갑자기 그런 명령을 내린 걸까?'

알 수 없었다.

하나 방덕심의 말마따나 위에서 내려온 명령에 감히 항명할 수는 없는 노릇.

다소 이해하기 어렵지만, 그저 자신이 모르는 큰 뜻이 있겠거니, 하고 대충 넘어갈 수밖에 없었다.

하나 별채의 천장 한쪽 귀퉁이에 은신하고 있던 소유봉의 경우에는 달랐다.

'이놈들, 도대체 어디서 온 놈들이지?'

이신의 명을 받자마자 방갓 사내가 머무는 객잔으로 숨어든 지 어언 몇 시진.

처음엔 다소 지루했지만, 방금 전 대화를 들은 것만으로도 나름 숨어 있던 보람이 있었다.

자기들끼리 대주니, 뭐니 하는 걸로 봐선 분명 어느 특정 조직에 몸담고 있는 게 확실했다.

그리고 정파 운운하는 것으로 봐서는 그들과 상반되는 성질의 단체일 가능성이 높았다.

'그나저나 명령이라. 무슨 명령이기에 저러는 걸까?'

어느 조직이든 간에 위에서 내려온 명령에 아랫사람이 저토록 의문을 표하는 경우는 거의 드물었다.

이런 경우는 크게 두 가지였다.

너무나 얼토당토하지 않을 만큼 위험한 임무이거나, 아니면 자신이 수행하는 명령 때문에 조직 전체에 큰 피해를 주지 않을까, 하는 우려와 충성심에서 비롯된 경우에 저런 식의 반응이 나왔다.

소유붕이 판단하기에는 후자일 가능성이 더 높아 보였다.

'어찌할까?'

지금 당장에라도 이신에게 이 사실을 알릴까?

아니면 조금만 더 상황을 지켜볼까?

그렇게 갈팡질팡하고 있을 때, 문득 깨달았다.

방덕심.

그의 시선이 어느덧 소유붕 자신에게로 향해 있는 것을.

'들켰다……?!'

그 사실을 인지하자마자 소유붕은 얼른 별채를 빠져나갔다.

하나 그의 등 뒤로 어느덧 방덕심이 무서운 속도로 따라붙고 있었다.

'나를 따라잡을 정도의 고수라고?'

소유붕은 내심 경악을 금치 못했다.

'거기다……'

겉으로는 헐렁해 보여도, 소유붕은 엄연히 혈영대의 오조장 중 한 명이다.

그런 그이기에 결코 착각할리 없었다.

자신의 뒤에 따라붙은 방덕심이 펼친 경신술이 무엇인지를.

'귀영보(鬼影步)!'

그것은 특정 조직의 무인들만 익힐 수 있는 경신술이었다.

"네놈, 설마 귀영대(鬼影隊)의……!"

소유붕의 외침에 방덕심은 저도 모르게 움찔했다. 하나 곧 그의 입꼬리가 슬며시 올라갔다.

"거기까지 파악한 건가? 쥐새끼치고는 제법이구나."

비록 웃고는 있지만, 그것이 결코 선의에서 비롯된 게 아님을 알 수 있었다.

당장 이어지는 방덕심의 행동이 그걸 증명했다.

서걱―!

순식간에 방덕심의 검이 허공을 갈랐다.

하나 원래 그 자리에 서 있던 소유붕의 모습은 이미 사라지고 없었다.

고개를 돌리자 이미 저만치 멀리 달아나고 있는 소유붕이 보였다.

"잘도 빠져나가는군."

이를 가는 그의 말을 용케 들은 듯 소유붕이 고개만 뒤로 돌린 채 외쳤다.

"미안하지만, 네놈과 어울릴 시간 따위 없……!"

하나 그는 끝내 말을 잇지 못했다.

퍽!

"커억!"

투박한 타격음과 함께 소유붕의 몸이 뒤로 밀려났다.

가까스로 멈춰선 그는 믿을 수 없는 얼굴로 어느새 자신의 앞을 가로막고 있는 갈의노인을 바라봤다.

마치 산보라도 나온 듯 느긋하게 뒷짐을 진 채로 서 있는 노인이 온화한 미소와 함께 말했다.

"용케 노부의 일권을 막다니. 제법이로구나."

"당신은……."

소유붕은 놀란 표정으로 갈의노인을 바라봤다. 결코 처음 보는 이에게 보내는 눈빛이 아니었다.

갈의노인도 그걸 눈치챘다.

"음? 노부를 아는 건가? 그럼 더더욱 살려둘 수 없지."

그리 말하면서 갈의노인은 다시금 일권을 내질렀다.

그러자 온화한 미소와는 어울리지 않는 거대한 위압감과 함께 매서운 권풍이 태풍처럼 소유붕을 덮쳤다.

동시에 소유붕의 등 뒤를 점한 방덕심이 때맞춰서 검을 휘둘렀다. 무려 검강을 두른 일격이었다.

"빌어먹을!"

욕지거리와 함께 소유붕은 섭선을 꺼내들고 몸을 한껏 비틀었다.

그러자 곧 그의 주변으로 금세 푸른빛의 경기가 회오리치면서 벽을 쌓기 시작했고, 그를 공격하던 방덕심의 검강과 갈의노인의 권풍을 모조리 튕겨냈다.

방덕심은 내심 경악을 금치 못했고, 거의 반 이상 감겨져 있던 갈의노인의 눈이 살짝 커졌다.

"선벽(扇壁)?"

검의 경지로 비유하자면 검망(劍網)의 발전 단계인 검벽(劍壁)과 같은 경지.

무려 초절정의 무위, 즉 화경급 고수라는 의미였다.

'어디서 이런 놈이?'

놀라움을 금치 못하면서 갈의노인은 오른쪽 주먹을 꽉 움켜쥐었다.

그러자 무시무시한 내력이 삽시간에 그의 주먹에 집중되더니 이윽고 성문을 부수는 거대한 공성추처럼 권강이 소유붕의 선벽을 강타했다.

콰쾅!

그러자 폭음과 함께 산산이 부서지는 푸른빛의 선벽!

하나 정작 소유붕의 모습은 보이지 않았다.

이에 갈의노인과 방덕심의 표정이 굳어졌다.

"노사! 이를 어찌해야 합니까?"

방덕심이 서둘러 갈의노인에게 물어봤고, 그는 잠시 생각에 잠기는가 싶더니 이윽고 말했다.

"놈은 노부가 쫓겠네. 자네는 일단 임무부터 완수하도록 하게."

"예, 알겠습니다! 그럼 부탁드립니다, 노사."

"음!"

갈의노인의 고개를 끄덕이자마자 방덕심은 다시 객잔으로 돌아갔다.

멀어지는 그의 뒷모습을 물끄러미 바라보면서 갈의노인은 중얼거렸다.

"원래 큰일에는 잡것들이 얽히게 마련이지."

그리고 곧 그의 신형이 소리 없이 사라졌다.

마치 아무 일도 없었던 것처럼.

오직 소유붕이 서 있던 자리에 남아 있는 핏물만이 좀 전의 일전을 증명할 따름이었다.

*             *             *

바람이 불지 않는 계곡.

확실히 그 이름대로 인근 야산에 위치한 무풍곡에 들어서자마자 방금 전까지만 해도 잘만 들리던 바람 소리가 일절 들리지 않았다.

아니, 소리 자체가 아예 단절된 느낌이었다.

거기다 계곡의 입구에 들어서자마자 자욱한 안개가 두 사람의 앞길을 막아섰다.

이는 누가 봐도 인위적인 현상으로밖에는 안 보였다.

'진법인가?'

그럴 가능성이 높았다.

슬쩍 단무린을 바라보자 묵묵히 고개를 끄덕였다.

그도 이신과 비슷한 생각이었다.

게다가 그의 경우에는 단순한 느낌을 넘어서 아예 진법의 징후 그 자체를 감지했다.

"아무래도 혼원사상진(混元四象陣) 같군요."

"아예 진법 안에다 사람을 가둔다는 그 진법 말인가."

"예."

"흐음, 성가시게 됐군."

혼원사상진은 단순히 사람을 가두는 데서 끝나지 않고, 정해진 생로가 아니면 아예 안으로 들어갈 수 없을 만큼 폐쇄적인 진법이었다.

'제대로 찾아오긴 했군.'

진법도 그렇거니와, 그 진법이 가진 성질 자체만으로도 자신들이 제대로 짚었다는 것을 알 수 있었다.

남은 건 이제 어떻게 진법을 뚫고 안으로 들어가느냐는 것이었다.

물론 힘으로 억지로 파훼하는 것도 가능했지만, 그래서야 자신이 왔다고 광고하는 꼴이었다.

"역시 이런 일은 전문가에게 맡기는 게 맞겠지?"

이신의 시선이 단무린에게로 향했다. 그러자 단무린이 기다렸다는 듯 앞으로 나섰다.

"잠시만 기다려 주십시오."

이윽고 그의 신형이 그림자에 녹아들기 시작했다.

극성에 다다른 진야환마공의 공능이었다.

그렇게 그림자에 녹아든 단무린은 순식간에 안개의 벽을 넘어서 진법 안으로 들어갔다.

그리고 잠시 후.

진법 안으로 들어갔던 단무린이 빠른 속도로 나왔다.

생각보다 이른 그의 귀환에 이신이 의아한 표정을 짓는 찰나, 그림자 속에서 튀어나온 단무린이 평소의 그답지 않게 흥분하면서 외쳤다.

"형님, 큰일입니다!"

"무슨 일이길래 그러느냐?"

"없습니다! 이곳에는 아무것도 남아 있지 않아요!"

"뭐?"

순간 이신의 얼굴이 굳어졌다.

'설마?'

이신은 곧바로 영호검을 뽑아들었다. 그리고 그대로 아래로 내리그었다.

부우우우우욱—!

그러자 한순간 백광이 번뜩이더니 이내 비단 천이 찢어지는 듯한 소리와 함께 자욱한 안개가 좌우로 쫙 갈라졌다.

아예 진법을 공간째로 베어버린 것이다.

그렇게 혼원사상진은 그 위용이 무상할 만치 금세 사라졌고, 곧 나타난 정경 앞에 이신은 이를 악물었다.

"…빌어먹을!"

산중에 홀로 서 있는 장원.

그곳은 화마가 지나간 듯 여기저기 불탄 흔적이 역력했다.

어디서도 사람의 인기척 따위는 찾아볼 수 없었다.

혹시나 싶어서 근처에서 대기 중이던 시해마경을 불렀지만, 그 어떠한 공명 반응도 일어나지 않았다.

단무린이 굳은 표정으로 말했다.

"아무래도 한발 늦은 것 같습니다."

"그런 것 같군……."

기껏 여기까지 찾아왔는데, 헛걸음한 셈이었다.

"이제 어쩌죠?"

단무린의 물음에 이신은 잠시 생각하더니 이내 입을 열었다.

"진주언가로 간다."

"역시 그 길밖에 없군요."

이신의 생각은 결코 즉흥적인 게 아니었다.

애당초 이곳 무풍곡 자체가 진주언가의 태상가주, 언추운이 만든 곳이었다.

한데 이렇다 할 단서를 얻기도 전에 허탕을 치고 말았으니, 남은 것은 하나뿐!

바로 직접 태상가주 언추운을 찾아가서 어찌 된 영문인지 캐묻는 것이었다.

"서둘러야겠군."

이신은 평소의 그답지 않게 서둘렀다.

그럴 수밖에 없는 게 흑월의 조직 성격상, 이건 꼬리 끊기에 가까웠다.

지난날 금와방과 관련된 자가 전부 처단되거나 실종되었을 때도 이와 유사하게 진행되었다.

그렇다면 태상가주 언추운의 안위도 마냥 무사하다고 보기 어려웠다.

단무린도 동감하는 듯 고개를 끄덕이며 막 움직이려는 찰나였다.

털썩—!

갑자기 두 사람의 앞에 나타난 인영!

순간 단무린이 공격하려고 했지만, 이신이 제지했다.

그러고는 혼절한 인영, 소유붕을 조심스레 부축했다.

"도대체 이게 무슨 일이냐, 이조장?"

"제비?"

소유붕의 몰골은 그야말로 엉망진창이었다.

"도대체 어쩌다… 음?!"

단무린이 말하다 말고 한쪽으로 시선을 옮겼다.

그곳에는 온화한 미소가 인상적인 갈의노인이 서 있었다.

순간 단무린은 저도 모르게 눈을 부릅떴다.

"당신은……!"

앞서 소유붕과 마찬가지로 그도 갈의노인이 누군지 잘 안다는 태도였다.

그리고 그것은 이어서 입을 여는 이신 역시 마찬가지였다.

"…선배님이셨군요. 유붕을 이리 만든 것을 포함해서 이곳 무풍곡을 정리한 것까지. 모두 선배님의 짓이었군요."

"그래, 노부가 했네."

갈의노인은 의외로 순순히 사실을 인정했다. 그러고는 이내 웃으면서 말했다.

"모든 건 본교를 위해서지."

"…선배님답지 않군요. 그런 눈에 뻔히 보이는 거짓말을 입에 담다니."

이신은 경멸 어린 시선으로 갈의노인, 마교의 전대고수 여군위를 바라봤다.

"언제부터입니까? 선배님께서 흑월 쪽에 붙은 것이?"

"굳이 대답할 필요는 없겠지? 어차피……."

능글맞은 말투와 함께 여군위는 마저 말을 이었다.

"여기서 다 죽을 건데 말이야."

말을 마치면서 여군위는 천천히 오른쪽 주먹을 움켜쥐었다. 그러자 그의 주먹이 곧 검은빛으로 물들기 시작하더니 이내 무쇠처럼 번들거렸다.

그가 평생 갈고닦은 성명절기이자 당당히 천마백팔공에 이름을 올린 철혼강기(鐵魂罡氣)였다.

그야말로 철마(鐵魔)라는 그의 별호에 딱 어울리는 위용이었다.

이에 이신도 굳은 표정으로 재차 영호검을 뽑아들면서 말했다.

"후회하실 겁니다."

날선 경고와 함께 영호검의 검 끝이 그에게로 향했다.

이에 여군위가 너털웃음을 터뜨리면서 말했다.

"허허허, 노부의 사전에 후회라는 말은 없다네. 부디 자네야말로 조심하게나."

그러고는 나머지 주먹도 마저 철혼강기로 물들였다.

"노부의 주먹은 결코 가볍지 않을 테니까."

그와 동시에 그의 주먹이 허공을 갈랐다.

콰르르릉—!

한 박자 늦게 천지를 무너뜨릴 듯한 뇌성벽력을 동반한 채로!

第七章
성동격서(聲東擊西)

흉악하기 그지없는 태풍.

여군위의 일격은 그런 표현이 딱 맞을 만큼 실로 거세기 그지없었다.

하나 거센 태풍 속에서 유유히 나부끼는 갈대처럼 이신은 옆으로 살짝 움직이는 것만으로 여군위의 공격을 가볍게 피해 버렸다.

그와 동시에 한 줄기의 섬전처럼 묵빛의 영호검이 여군위의 이마 정중앙을 찔러 들어갔다.

회피와 공격이 물 흐르듯 동시에 이어지자 여군위의 백미가 순간 움찔했다.

"하아압!"

우렁찬 기합성과 함께 삽시간에 여군위의 몸 전체로 퍼지는 검은 기운!

캉!

그러자 둔탁한 쇳소리와 함께 영호검이 활처럼 휘더니 이윽고 용수철처럼 튕겨져 나왔다.

그 반탄력이 적잖았기에 이신은 새삼스러운 눈빛으로 여군위를 바라봤다.

"의외라는 눈치로군."

그리 말하는 여군위의 모습은 조금 전과 완전히 달라져 있었다.

단순히 양팔만 거무튀튀했던 달리 이제 온몸이 검게 물들었다.

단순히 피부색만 바뀐 게 아니었다.

겉으로 보기엔 일반 촌로나 다름없던 그의 몸이 웬만한 장정 못지않은 근육질의 거구로 탈바꿈했다.

극성으로 운용한 철혼강기의 위용이었다.

숫제 금강석과 같은 경도를 자랑하는 근육의 갑옷을 두른 채로 여군위는 회심의 미소를 머금었다.

"아무래도 승기는 노부에게 있는 것 같구만."

이신의 영호검은 이미 백색의 강기를 머금고 있는 상태였다.

그럼에도 그의 검은 여군위의 철혼강기를 채 꿰뚫지 못했고, 그러기는커녕 도리어 부딪치자마자 강기째로 검이 휘어버렸다.

이에 여군위는 내심 확신했다.

더 이상 이신의 공격은 자신에게 안 통한다고.

뭔가를 더 숨겼다고 한들, 그마저도 통하지 않을 거라는 자신이 있었다.

그만큼 자신의 실력과 철혼강기를 굳게 믿고 있다는 소리.

자신감 넘치는 여군위의 말에 이신은 영호검을 고쳐 잡았다.

"그거 압니까?"

"음?"

"제 수하 중에 한 명이 외공을 하나 익혔습니다. 꽤나 우직한 성격인데다 다른 걸 배우기엔 너무 늦어서 제가 좀 손을 봐줬는데, 썩 쓸 만하더군요."

"호, 그 외공이 무엇인가?"

철혼강기도 따져보면 외공과 비슷한 부분이 많았다.

그래서 절로 호기심을 들었는데, 이어지는 이신의 말을 듣자마자 여군위의 표정이 거짓말처럼 딱딱하게 굳어졌다.

"철혼갑."

"뭣?"

순간 여군위는 자신의 귀를 의심했다.

철혼갑이라니.

그것은 여군위에게도 결코 낯설지 않은 무공이었다.

아니, 그와는 차마 떼려야 뗄 수 없는 관계라고 해야 맞았다.

그 어떤 상승무공이라도 그것을 이루는 기반이 되는 뿌리가 존재하게 마련이다.

철혼강기도 마찬가지였다.

철혼강기를 익히려면 그전에 반드시 대성해야 하는 기본공이 있었다.

그게 바로 철혼갑이었다.

한데 그것을 이신의 수하가 익혔다고, 심지어 이신이 직접 손봐주기까지 했다?

'설마……?'

여군위는 괜스레 불안해지기 시작했다.

그래서일까.

그는 즉각 대화를 중단하고, 곧바로 이신을 향해서 선불 맞은 멧돼지처럼 짓쳐 들어갔다.

철혼강기로 강화된 육체는 최강의 방패이자 최강의 무기이기도 했다.

그렇기에 여군위는 누구보다도 근접전을 선호했다.

그 사실을 이신도 모르지 않았다.

때문에 곧바로 그가 자신과의 간격을 벌릴 줄 알았는데, 뜻밖의 상황이 펼쳐졌다.

놀랍게도 이신은 뒤로 물러나기는커녕 오히려 혈영보를 펼쳐서 단숨에 그와의 간격을 펼쳤다.

예상치 못한 상황!

그 바람에 여군위는 미처 공격할 틈을 놓치고 말았고, 그 엇박자 사이로 이신은 검을 찔러 넣었다.

아까와 똑같은 찌르기!

평소 같으면 그냥 웃으면서 맞아줬겠지만, 좀 전에 이신이 했던 말이 내내 마음에 걸리는 여군위였다.

해서 그는 혹시나 하는 마음에 살짝 목을 옆으로 꺾었다.

그리고.

서걱―!

결과적으로 그 짧은 순간의 판단이 그의 목숨을 살렸다.

"크윽!"

여군위는 차마 믿을 수 없다는 표정으로 이신과 자신의 목덜미에 남겨진 자상을 번갈아 봤다.

분명 아까 전의 공격으로는 자신의 철혼강기를 뚫지 못하는 걸 확인한 상태였다.

한데 어찌 이신의 검이 철혼강기가 유지되고 있는 그의 몸에 상처가 남길 수 있단 말인가?

혼란스러운 눈빛으로 바라보자, 이신이 말했다.

"경고했을 텐데요? 후회하실 거라고."

"도대체, 도대체 무슨 짓을 한 것이냐?"

"딱히 제가 무슨 짓을 한 게 아닙니다. 그저 철혼강기의 빈틈을 찔렀을 뿐."

"빈틈이라고?!"

여군위는 저도 모르게 소리쳤다.

철혼강기에 빈틈이 있다고?

직접 그걸 익힌 여군위도 모르는 것을 이신이 알고 있단 말인가?

차마 그 사실을 인정할 수 없었지만, 또 마냥 부정할 수도 없는 노릇이었다.

그도 그럴 것이 이신은 먼저 결과로 그 사실을 증명했다.

여군위 자신이 그리 자신하는 철혼강기에도 엄연히 결점이 존재한다는 사실을.

꽤나 자존심이 상했지만, 애써 속으로 분을 삭히면서 말했다.

"…그게 뭔가?"

그의 물음에 이신은 선뜻 말했다.

"바로 자신의 의식에서 멀어진 부위일수록 상대적으로 방어에 취약해진다는 것입니다."

"의식에서 멀어진 부위라고?"

실로 뜻밖의 말이었다.

그의 철혼강기는 항시 그의 전신을 보호하고 있었다.

그렇기에 개중에 상대적으로 방어가 취약한 부분이 있을 거라고는 미처 생각지도 못했다.

굳이 이신의 말을 의심하지는 않았다.

당시에는 급해서 몰랐지만, 이신의 말마따나 그의 의식은 직접적으로 이신이 처음에 노렸던 이마에만 집중되어 있었다.

반면 공격에 노출된 목덜미 쪽에는 상대적으로 의식이 미치지 않았다.

거기서 이신이 한 마디를 덧붙였다.

"물론 선배님의 철혼강기가 완벽한 대성의 단계였다면 그런 빈틈조차 없었을 테지만 말입니다."

"크으윽……!"

이신의 말은 비수처럼 여군위의 가슴에 사정없이 파고들었다.

말은 안 했지만, 여군위의 철혼강기는 사실 대성을 앞두고 내내 답보 상태였다. 그것도 무려 십 년 이상 지속되었다.

이에 거기에서 벗어나고자 안간힘을 다하고, 심지어 전면에서 물러나서 폐관 수련까지 들어갔다. 하지만 별다른 소득이 없었다.

한데 이신이 그걸 바로 눈치챘다는 사실이 놀라우면서도 내심 부끄러웠다.

마치 꼭꼭 숨겨두고 있던 자신의 오랜 치부를 들킨 것 같은 느낌이었다.

그렇기에 여군위는 괜히 저도 모르게 버럭 외쳤다.

"놈! 네놈이 뭘 안다고 지껄이는 것이냐!"

"네, 전 모릅니다. 그러니 설명해 보십시오. 왜 본교를 배신한 겁니까?"

"그걸 네놈에게 말해줄 이유는 없다!"

외침과 함께 여군위의 신형이 무시무시한 열기에 휩싸이기 시작했다.

그 상태로 그의 몸이 한 줄기의 포탄처럼 이신을 향해서 쇄도했다.

철혼강기 외에도 함께 익힌 절기, 관혼칠살격(貫魂七殺擊)의 절초 연혼살격(燃魂殺擊)이었다.

말 그대로 혼을 불태워서 상대를 격살하는 일격으로 더 이상 이신의 입에서 무슨 말이 나오기 전에 그대로 그의 목숨을 앗아가겠다는 의지의 표명이었다.

여군위의 신형은 이미 이신의 지척까지 도달한 상태였다.

그때였다.

찰나지간에 여군위는 보았다.

자신을 바라보는 이신의 무심한 듯 담담한 눈빛, 그 아래서 조용히 일렁이는 폭풍의 편린을.

그와 동시에 영호검이 천천히 움직이기 시작했다. 느리지만 그 안에 실린 힘은 결코 경시할 수 없었다.

이를 눈치챈 여군위는 서둘러 뒤로 물러나려고 했지만, 정작 그의 몸은 뜻대로 움직이지 않았다.

'크윽, 이, 이건……!'

눈에 보이지 않는 압력, 그것이 여군위의 전신을 옥죄고 있었다.

그 압력의 근원지는 다름 아닌 이신의 영호검이었다.

어마어마하게 느리지만, 그로 인해 발생한 무형의 압력에 의해서 도리어 상대가 꼼짝달싹도 못 하도록 만든 것이다.

심형살검식의 제사초식, 불망의 위력이었다.

물론 그 사실을 알 턱이 없는 여군위는 시시각각 가까워지는 이신의 검을 두려운 눈빛으로 바라봤다.

'이, 이런 말도 안 되는……!'

눈과 머리는 이신의 검이 다가오는 것을 인지하고 있는데 정작 몸은 그의 의지를 배반했다.

그렇기에 피하는 건 무리였다.

그렇다면…….

"크아아아아아!!!"

여군위는 단전의 모든 내력을 한 올도 남김없이 끌어 올렸다.

심지어 건드려서는 안 되는 본원지기까지 끌어다 썼다.

그러자 안 그래도 철혼강기에 의해서 부풀어 올랐던 그의 몸이 배로 커졌다.

그야말로 최후의 발악에 가까운 행동.

순간 이신의 눈에 이채가 떠올랐지만, 말 그대로 순간에 불과했다.

이윽고.

푸화악—!

허공으로 한 줄기 핏물이 분수처럼 솟아나면서 여군위가 뒷걸음질 쳤다.

용케 멈춰선 그는 어느덧 부풀었던 몸이 원래대로 돌아와 있었다.

그리고 그의 가슴팍, 정확하게 심장이 자리한 부위에는 전에 없던 커다란 구멍이 생겨나 있었다.

여군위는 씁쓸한 표정으로 입을 열었다.

"…그랬군. 자네가 철혼강기의 결점을 굳이 알려줬던 건 그게 아니더라도 노부의 철혼강기를 깰 수 있다는 자신감 때문… 쿠, 쿨럭!"

기침 소리와 함께 여군위의 무릎이 땅에 닿았다.

"자, 자네 정말로 강해졌군. 저, 정마대전 때보다 훨씬 더……."

철혼강기는 이미 깨진 지 오래였다.

비록 천마불사강기보단 못 하지만, 대성하면 어지간한 호신 무공보다 나은 철혼강기거늘.

결코 여군위의 성취가 낮은 게 아니었다.

오히려 전성기 때 이상이었다.

그럼에도 그가 당한 것은 오직 단 하나의 이유.

바로 이신의 심형살검식이 그의 철혼강기보다 훨씬 더 강하기 때문이었다.

"선배님께서는 오히려 약해지셨군요."

이신이 내뱉은 차가운 말에 여군위가 순간 움찔했다.

이신의 말은 단순히 여군위의 무공이 약하다는 게 아니었다.

정확히는 철마 여군위라는 인간 그 자체가 약해졌단 뜻이었다.

그 말뜻을 알아들은 여군위가 흐흐 웃으면서 말했다.

"노부도 엄연히 사람이네. 자고로 세월 앞에는 장사가 없는 법이지…….”

그리 말하면서 여군위는 이루 말할 수 없는 아련한 시선으로 허공을 올려다봤다.

미래가 아닌 과거를 그리워하는 노인.

여군위의 모습은 딱 그러했다.

그것만 봐도 그가 무엇 때문에 반평생 몸담은 마교를 배신하고, 흑월에 포섭당한 건지 쉬이 짐작할 수 있었다.

스윽—

이신은 검을 위로 들어 올렸다.

여군위는 심장의 삼분지이가 날아갔다. 지금까지 버티고 있는 것은 어디까지나 심후한 내력 덕분이었다.

그나마도 슬슬 한계가 보이기에 차라리 자신의 손으로 고통 없이 끝을 내려는 것이다.

천천히 아래로 내려오는 영호검을 보면서 여군위는 문득 희미한 미소를 머금었다.

“그나마 불행 중 다행이로군. 자네를 여태껏 붙잡아둘 수 있어서…….”

“……!”

우뚝!

영호검이 정확하게 한 치 정도만 남겨두고 여군위의 머리 위에서 멈춰 섰다.

"저를… 붙잡아두다니요?"

바로 그때, 한 줄기의 외침이 장내를 울렸다.

외침의 주인은 다름 아닌 방금 전까지 혼절해 있었던 소유봉이었다.

"지, 진주언가! 어, 어서 빨리 지, 진주언가로 가야… 크, 크윽!"

"뭣?"

여군위의 말에 이은 소유봉의 알 수 없는 말 앞에 이신의 표정이 딱딱하게 굳어졌다.

그리고 잠시 후, 이신은 두 사람의 말이 무슨 뜻인지 알게 되었다.

\*　　　　\*　　　　\*

화르르르륵—

불과 몇 시진 전까지만 하더라도 이곳 안평현을 대표하던 문파이자 오랜 역사를 자랑하던 진주언가.

그곳의 터전이 화마의 불길 속에서 사라져 가고 있었다.

실로 허무하기 짝이 없는 그 광경을 지켜보면서 이신은 내심 당했다는 표정을 지었다.

'처음부터 진짜 목적은 진주언가였단 말인가?'

하긴 혈강시를 연구하던 무풍곡을 가차 없이 정리했을 때부터 이상하다고 느끼긴 했다.

설마 진주언가 자체를 없애려고 할 줄이야.

'철마 선배께서 왜 유봉의 뒤를 악착같이 쫓았는지 알겠군.'

애당초 여군위는 방덕심 등이 진주언가를 공격할 시간을 벌 겸 혹시 모를 방해자들을 제거하려 한 것이었다.

물론 상대가 이신이라서 예상외의 죽음을 맞이하긴 했지만, 결과적으로 그의 생각대로 되었다고 봐야 했다.

무사히 이신의 주의를 끄는 것과 동시에 방덕심 등이 임무를 수행할 수 있는 시간은 충분히 벌었으니까.

동쪽을 공격하는 척하면서 사실은 서쪽을 노린다는 격언이 절로 떠올랐다.

이신은 굳은 표정으로 주변을 살폈다.

혹시라도 있을지 모를 생존자를 찾기 위해서였다.

아무리 어이없이 멸문당했다고 하지만, 엄연히 진주언가는 그 역사가 수백 년에 달하는 명문가였다.

대부분의 명문가가 그러하듯 진주언가 역시도 필시 자신들의 대가 끊어지지 않기 위한 비장의 방책 정도는 마련해 놨을 터였다.

물론 어디까지나 추측에 불과할 뿐, 이신도 마냥 확신할 수 없었다.

거기다 방덕심이란 자의 정체가 진정 이신이 아는 그자들이라면 더욱 생존 가능성은 희박했다.

그래서 보다 확실하게 사태를 파악하기 위해서 이신은 단무린의 도움을 받기로 했다.

"부탁한다, 무린."

"맡겨두십시오, 형님."

단무린은 곧바로 오른손을 앞으로 내밀었다.

그러자 은빛 광택을 자랑하는 의수, 은린비에서 검은 안개가 일렁거리더니 금세 불타고 있는 진주언가의 장원 사이를 빠르게 누비기 시작했다.

새로이 발전한 진야환마공의 능력으로 단무린은 이제 반경 백 장 안의 그림자를 모두 자신의 영향권 아래 놓을 수 있었다.

더욱이 굳이 자신이 그림자 속에 녹아들지 않아도 된다는 게 장점이었다.

물리적인 한계마저 일부 초월한 것이다.

덕분에 화재 여부와 상관없이 단무린의 뇌리로 주변에 대한 정보가 마구잡이로 들어오기 시작했다.

그것을 거르고 거른 가운데, 그림자가 장원 바깥으로까지 영역을 넓혔다.

그 순간, 단무린의 눈썹이 움찔했다.

"이건……?"

"찾았느냐?"

이신의 물음에 단무린은 작게 고개를 끄덕였다.

"이곳으로부터 좀 떨어진 곳이긴 하지만, 분명 생존자가 있습니다. 그리고……."

그가 말끝을 흐리자 이신은 무슨 의미인지 알겠다는 듯 고개를 끄덕였다.

"그들이 쫓고 있는 거군."

방덕심 등이 살아남은 진주언가의 생존자를 마저 처리해서 완전히 씨를 말려 버리려는 것이다.

"정확한 방향과 위치는?

이신의 물음에 단무린은 서쪽을 가리키면서 말했다.

"저쪽으로 십 리 정도 떨어진 곳입니다. 거기서부터 이동이 멈췄고요."

"좋아. 바로 출발하지."

이신은 곧바로 땅을 박찼다.

그러자 고작 한 걸음 내딛는 것뿐인데 그의 몸은 순식간에 십여 장의 거리를 격하고 날아갔다.

누가 보면 경신술이 아니라 축지법이라고 오해할 만큼 빠른 움직임!

그간 흡수한 성화 덕분일까?

갓 팔륜의 경지에 올랐을 때와 달리 이제 이신의 배화구륜공은 인세에서는 거의 불가능한 경지라고 불리는 구륜의 경지를 목전에 두고 있었다.

때문에 한 번에 배가시킬 수 있는 내력의 양도 기하급수적으로 늘어났다.

지금도 단순히 배가시킨 본신의 내력을 통째로 양발의 용천혈 쪽으로 도인해서 순간적으로 엄청난 추진력을 발하고 있는 것에 불과했다.

물론 말처럼 쉬운 게 아니었다.

당장 그만큼 엄청난 내력을 운용하는 것부터가 웬만한 사람들에게 어려운 일이었고, 거기에 순간적으로 발한 추진력에 의한 몸의 저항 역시 동시에 해결하지 않으면 안 되었다.

한데 이신은 그 모든 과정을 숨 쉬듯 간단하게 한 치의 오차 없이 행하였다.

그의 내력 운용이 세심한 것을 넘어서 타의 추종을 불허할 정도로 안정적이라는 반증이었다.

여하튼 가히 축지법에 비견할 수 있는 초인적임 움직임을 선보인 이신은 눈 깜짝할 새에 십 리나 되는 거리를 주파했다.

그리고 그런 그의 눈에 보였다.

막 복면인의 검에 베이기 직전에 놓인 두 소년, 소녀의 모습이.

푸욱—!

절체절명의 순간.

섬뜩한 소음과 함께 복면인의 머리 뒤를 꿰뚫는 한 자루의 검!

이신이 창졸지간에 날린 영호검이었다.

"뭐, 뭐냐!"

갑작스러운 동료의 죽음에 나머지 복면인들이 당황했다.

곧 그들은 주변을 살폈고, 이내 이신을 발견하고는 득달같이 그에게 달려들었다.

하나 이신은 아무것도 하지 않은 채 그저 팔짱만 끼고 바로 볼 따름이었다.

그런 그를 비웃으려는 찰나, 그들의 등 뒤에서 새하얀 섬광이 번득였다.

푸푸푸푸푹—!

순식간에 복면인들의 몸을 꿰뚫으면서 날아가는 영호검!

그걸 본 살아남은 복면인 중 하나가 믿을 수 없다는 목소리로 중얼거렸다.

"이, 이기어검?!"

그제야 그들은 이신이 가만히 팔짱을 낀 이유를 알 수 있었다.

굳이 이신 스스로가 움직일 필요 없이 그의 검이 알아서 적을 도륙할 테니까.

그 사실을 증명하기라도 하듯 허공에 두둥실 뜬 영호검의 묵빛 검신이 일순 새하얀 빛을 머금었다.

그 순간, 가장 앞에 서 있던 복면인은 목덜미가 화끈거리는 것을 느꼈다.

"어?"

이윽고 자신의 의지와 상관없이 복면인의 시계의 위아래가 조금씩 뒤집히기 시작했다.

그리고 그뿐만 아니라 나머지 복면인들의 시계 역시 뒤집혔다.

그렇게 그들은 자신도 모르는 사이에 목이 잘린 채로 죽었다.

무려 어검술의 형태로 변형되어서 펼쳐진 심형살검식의 제일초식, 일섬의 위력이었다.

순식간에 복면인들을 모조리 해치운 이신은 영호검을 회수하고, 유유히 진주언가의 생존자인 두 소년, 소녀에게 다가갔다.

두 사람은 차마 믿기지 않다는 표정으로 이신과 죽은 복면인들의 시체를 번갈아 봤다.

가문의 어른들도 복면인들을 상대로는 고전을 면치 못했다.

심지어 그 복면인들을 이끄는 방갓 사내와의 대결에서 현 진주언가의 가주는 불과 수십여 합 만에 목이 달아나고 말았 다.

한데 그 무서운 복면인들을 저리도 쉽게 처리하다니.

거기다 이신이 펼쳐 보인 한 수 한 수는 어린 그들이 보기 에도 압도적인 것을 넘어서 경이로운 수준이었다.

그런 고수가 왜 자신들을 구해준 걸까?

그러한 의구심을 품는 가운데, 이신이 먼저 입을 열었다.

"남은 건 너희들뿐이냐?"

갑작스러운 물음에 두 사람은 쉬이 입을 열지 못했다.

비록 자신들을 구해주긴 했지만, 그렇다고 해서 완전히 이 신을 믿을 수 없다는 눈치였다.

행여 앞서 복면인들을 죽인 게 자신들을 속이기 위한 일종 의 연기라면 어쩐단 말인가?

그들의 눈에 어린 경계심을 눈치챈 이신은 작게 한숨을 내 쉬었다.

'후우, 이거 참. 뭐라고 다그칠 수도 없고……'

자신을 경계하는 거야 충분히 이해할 수 있었다.

오늘과 같은 참화를 겪은 지 불과 몇 시진도 되지 않았는 데, 자신들을 구해주었다고 당장 남을 믿는다는 게 우습긴 했 다.

하나 진주언가의 생존자가 고작 눈앞의 두 사람뿐이라는 건 말이 안 되는 일.

사실 전쟁에서 가장 먼저 죽는 것이 노인과 아이였다.

약자에 대한 배려?

그게 생존에 무슨 도움이 되겠는가. 다 자기 살기 바쁜 마당에.

필시 어른들이 그들에게 만나자고 한 중간 지점이 있을 것이다.

그곳으로 가서 정확한 경위를 들어볼 필요가 있었다.

누가 진주언가를 습격했는지부터 시작해서 왜 그리 짧은 시간 만에 당할 수밖에 없었는지를.

그러기 위해서는 어떻게든 두 소년, 소녀의 경계심을 누그러뜨려야 할 텐데,

상대가 한참 어린아이들이다 보니 마냥 윽박지르거나 협박하기도 애매했다.

차라리 어느 정도 나이가 있었으면 훨씬 일이 수월하게 풀렸을 텐데 말이다.

'이런 건 유붕의 전문인데⋯⋯.'

정확히는 어린 소녀 쪽이었다.

여자를 상대로 하는 소유붕의 입담은 노소 가릴 것 없이 통하기로 유명했으니까.

하지만 지금 그는 상태가 제법 위중해서 단무린의 그림자 속에서 잠시 쉬고 있었다.

거기다 단무린은 아직까지 이신과의 거리를 좁히지 못한 상황.

'어쩌지?'

어색한 침묵 속에서 애꿎은 시간만 흐르는 가운데, 순간 이신이 섬전처럼 움직였다.

캉!

그와 동시에 막 진주언가 소년과 소녀의 머리를 반으로 쪼갤 듯이 떨어지던 장검이 이신의 검에 튕겨져 나갔다.

눈 깜짝할 새에 일어난 공방에 두 사람은 단숨에 얼어붙었다.

그런 가운데 이신은 두 사람을 가리듯 비스듬하게 선 채로 전면을 바라봤다.

그의 시선의 끝에는 방갓 사내 하나를 중심으로 수상하기 그지없는 복면인 무리가 서 있었다.

방갓 사내, 방덕심은 살짝 이가 나간 장검의 검신을 신기한 듯 쳐다보면서 말했다.

"보아하니 그 쥐새끼의 주인인가 보군."

소유붕을 쥐새끼 취급하는 방덕심의 도발에 이신은 그의 등 뒤에 서 있는 복면인들을 일별한 뒤 말했다.

"그러는 그쪽은 쥐새끼들의 대장인가 보군."

받은 것 이상으로 되돌려 주는 이신의 도발에 방덕심은 피식 웃었다.

"실력만큼이나 혀끝도 매섭군. 하지만 떠들어대는 것도 이제 끝……"

"왜 진주언가를 공격했지?"

방덕심의 말이 채 끝나기도 전에 이신이 기습적으로 물었다.

순간, 방갓 아래로 가려진 방덕심의 눈썹이 움찔했다.

하나 그도 잠시, 그는 장검을 고쳐 잡으면서 말했다.

"굳이 제 발로 죽음을 재촉하는구나. 어리석은 놈 같으니."

"말하기 싫다는 건가? 그럼 실력으로 알아내도록 하지. 어차피 나도……"

쉭―!

한번 발을 내딛는 것과 동시에 어느새 이신은 방덕심의 등 뒤에서 나타났다.

"…그러는 편이 더 쉽고, 간단하니까."

"헉!"

등 뒤에서 들려오는 음성에 방덕심은 서둘러 몸을 돌렸으나, 이미 이신은 거기에 없었다.

이윽고 그의 눈에 백색의 검광이 연이어 수하들 사이에서 번뜩이는 게 보였다.

"빌어먹을……!"

방덕심은 욕지거리와 함께 아랫입술을 깨물었다.

일검일살(一劍一殺).

한 번 검광이 번뜩일 때마다 수하들이 차례차례 죽어나갔다.

방어는 무의미했다.

대체로 절정급에 달하는 그들이었지만, 감히 그들의 실력으로는 이신의 일초지적조차 될 수 없었다.

방덕심도 그 사실을 알기에 서둘러 수하들 사이로 난무하는 섬광 사이로 뛰어들려고 했지만, 난데없는 어둠이 그의 앞을 가로막았다.

"뭣?"

흠칫하는 가운데서도 방덕심은 검을 휘둘렀지만, 그의 검이 벤 것은 허공뿐이었다.

애당초 검으로 어둠을 벨 수 없는 법!

하지만 그것이 인위적인 어둠이라면 아예 불가능한 것도 아니었다.

"하아아압!"

기합성과 함께 방덕심의 검이 붉은 광채로 물들었다.

이에 어둠도 가만히 있지 않았다.

캬우우우우우우—!

순식간에 거대한 그림자 맹수가 튀어나오더니 그를 향해서 날카로운 이빨을 들이밀었다.

방덕심은 재빨리 검을 휘둘러서 맹수를 두 동강 냈지만, 또 다른 맹수가 나타나서 그를 공격했다.

"크윽!"

방덕심은 연이어 그림자 맹수와 싸우면서 깨달았다.

이래서야 계속 제자리걸음을 반복하는 것일 뿐이라는 사실을.

어떻게든 방법을 찾아야겠다고 느낀 순간이었다.

[끝났군.]

"……!"

어둠 속에 들려온 희미한 사내의 음성.

그와 함께 그를 공격하던 맹수들이 눈 깜짝할 새에 사라졌고, 시야를 가리던 그림자도 거짓말처럼 걷혔다.

그리고 그의 앞에는 거의 반쯤 도륙당한 수하들의 시체가 처참하게 널브러져 있었다. 방덕심이 갑작스러운 어둠에 발목이 붙잡힌 사이에 당하고 만 것이다.

"이, 이놈……!"

순간 눈이 뒤집힌 방덕심은 곧바로 시체 사이에 서 있는 이 신에게로 달려들려고 했지만, 그전에 그의 미간이 화끈거렸다.

푸욱—!

그의 이마 가운데를 파고드는 묵빛의 장검!

차마 믿을 수 없다는 표정을 한 채 방덕심의 몸이 그대로 뒤로 넘어갔다.

진주언가의 가주를 수십여 합 만에 죽인 고수치고는 너무나 허망한 최후.

그래서일까?

허무하게 쓰러진 그에게 다가가서 막 영호검을 회수하려는 이신에게 진주언가의 생존자 소년, 언주혁이 불쑥 말했다.

"그, 그자한테서 정보를 얻으려는 게 아니었나요?"

언주혁의 의문은 실로 당연한 것이었다.

분명 처음만 하더라도 방덕심에게서 왜 진주언가를 공격했는지 알아내려던 이신이었다.

한데 지금은 아무 망설임 없이 일검에 그를 죽여 버리다니.

앞뒤가 전혀 안 맞았다.

그러자 이신은 마저 검을 뽑은 뒤, 어느덧 자신의 옆에 나타난 단무린에게 말했다.

"정보는?"

그의 물음에 단무린이 고개를 끄덕이며 말했다.

"대부분의 정보는 모두 입수했습니다."

"……!"

단무린의 막힘없는 대답에 언주혁은 화들짝 놀랐다.

정보를 알아냈다고? 도대체 무슨 수로?

하나 그에 대한 궁금증은 전혀 풀어주지 않은 채, 이윽고 이신이 언주혁을 향해서 말했다.

"그럼 이제 둘 간의 정보를 대조하는 것만 남았군."

꿀꺽—!

그의 말에 언주혁은 저도 모르게 마른침을 삼키면서 자신의 누이, 언가영의 손을 꽉 잡았다.

어쩌면 자신들이 실로 터무니없는 자와 엮이고 말았을 지도 모른다는 생각과 함께.

第八章
출관(出關)

　진주언가의 멸문지화.

　그 믿을 수 없는 소문이 온 강호에 전해지는 데 걸린 시간
은 기껏해야 불과 하루, 이틀 정도였다.

　제아무리 발 없는 말이 천리까지 간다는 말은 있지만, 지나
치게 빠른 속도.

　마치 누군가가 의도적으로 소식을 마구 퍼뜨린 게 아닌가
싶을 정도였다.

　하나 그에 대해서 채 의심할 사이도 없이 더욱 충격적인 소
문이 잇달아 들려왔다.

멸문당한 곳은 단순히 진주언가 하나뿐만이 아니었다.

진주언가와 마찬가지로 각 지역의 유지라고 할 수 있는 문파들이 연이어 멸문지화를 당했다.

심지어 그 모든 게 동시다발적으로 일어났다.

결코 개인의 소행이라 볼 수 없었다.

특정 세력이 뒤에서 멋대로 일을 벌인다고 봐야 했다.

그리고 곧 그들의 정체가 밝혀졌다.


―마교!


놀랍게도 유수의 문파들을 공격한 것은 마교의 무인들이었다.

아니라고 하기엔 그들의 시체에서 나온 물증들이 너무나 결정적이었다.

그들의 신분을 나타내는 신분패야 그렇다 쳐도, 밀지가 가장 문제였다.

밀지에는 새로운 천마, 담천기가 무려 직접 멸문지화를 지시한 내용이 고스란히 담겨져 있었기 때문이다.

당연히 천하가 들썩일 수밖에 없었다.

그리하여 진주언가가 멸문한 지 한 달 뒤, 정마대전 이후로 거의 열린 적이 없던 무림맹 총단의 회의실 문이 오랜만에 열렸다.


"가만히 있는 문파들을 예고도 없이 공격하는 것도 모자라
서 멸문까지 시키다니! 이건 엄연히 선전포고입니다! 당장 놈
들을 처단해야 합니다!"

한 장년인의 열화와 같은 말에 회의실에 모인 사람 모두가
고개를 끄덕였다.

아직 이번 일의 뒤에 마교가 있다고 확실히 밝혀진 건 아니
지만, 거의 대부분은 마교의 짓이라고 여기는 눈치였다.

그 뒤로도 여러 가지 이야기가 오갔지만, 대체로 마교에 공
식적으로 책임을 물어야 한다는 내용이었다.

그 모든 대화를 묵묵히 듣고 있던 신안각주, 제갈용연의 눈
살이 살짝 찌푸려졌다.

'이상하군.'

천하의 마교가 이리 허술하게 일 처리를 하다니.

만약 정말로 그럴 마음이었다면, 굳이 신분패나 밀지 등의
증거를 남기지 않았을 것이다.

철저하게 누구의 짓인지 모르게 일을 진행했을 터.

이건 결코 마교답지 않았다.

아니, 정확히는 마교의 총사, 사마결답지 않다고 해야 할 것
이다.

지난날 정마대전을 통해서 그와 자주 부딪쳤던 제갈용연이기에 더욱 의아스러울 따름이었다.

거기다 중진들의 태도도 영 이상한 점투성이였다.

자신과 마찬가지로 중진 가운데서도 의구심을 느끼는 자가 하나둘 정도는 나올 줄 알았는데, 전혀 그런 의견이 나오지 않았다.

갑론을박은커녕 하나같이 입을 모아서 마교의 짓이라고 단정 짓고 있었다.

이는 실로 이상한 일이었다.

현재의 무림맹은 저마다 기 싸움을 하느라 중진 간의 사이가 그리 좋다고 보기 어려웠다.

누가 의견 하나를 내면 그것이 옳든, 그르든 간에 일단 그에 대한 반박부터 내놓기 일쑤였다.

한데 그런 자들이 어찌 된 일인지 오늘은 한 마음 한 뜻으로 마교를 탄압하자고 주장한다?

누가 봐도 정상적이지 않았다.

마치 사전에 자기들끼리 몰래 입을 맞춘 것 같지 않은가.

'뭔가 있어.'

제갈용연이 속으로 그리 생각하고 있을 때였다.

쾅!

돌연 누군가가 회의실 탁자를 주먹으로 내려치면서 외쳤다.

"조용! 아직 완전히 마교의 짓이라고 밝혀진 것도 아닌데, 어찌 이리들 경솔하게 구는 것인가! 이러고도 본맹을 이끄는 중진들이라 할 수 있단 말인가?"

외침의 주인은 다름 아닌 맹호대주 팽한성이었다.

그의 엄중한 일갈에 일순 장내가 조용해졌지만, 곧 맨 처음 입을 열었던 장년인, 근래 강서성 남창(南昌) 부근에서 입지를 다지고 있는 신흥 세력 신도방(迅刀幇)의 방주 조방한이 말했다.

"대주, 이미 모든 정황이 그들의 짓이라고 가리키고 있습니다. 한데 어찌 그런 말씀을 하십니까? 마치 그들을 감싸듯이 말입니다."

조방한의 반박에 팽한성이 실로 어처구니가 없다는 표정으로 말했다.

"허, 지금 누가 누구를 감싼다는 건가? 노부는 어디까지나 속단은 금물이라고 말하는 걸세."

그 역시 제갈용연과 마찬가지와 이번 일이 여러모로 미심쩍었다.

때문에 가급적 신중에 신중을 기하자는 말이었는데, 조방한은 이를 달리 받아들였다.

"속단이라니요. 이토록 모든 정황과 물증이 놈들의 짓이라고 가리키는데, 어찌 맹호대주란 분께서 그런 물렁한 말씀을 늘어놓고 계신 겁니까?"

"뭐? 물렁?"

조방한이 마지막으로 한 말에 팽한성은 순간 저도 모르게 울컥했다.

"지금 노부보고 하는 말인가? 엉?"

"아, 그게……."

너무 열이 머리까지 차오른 걸까?

조방한은 순간 자신이 생각보다 선을 넘고 말았다는 걸 뒤늦게 깨달았다.

아무리 선을 넘어도 그렇지, 하필이면 저 미친 호랑이의 코털을 건드리다니!

팽한성의 신형에서 피어오르는 기세가 사나워지는 것과 비례해서 조방한의 안색은 창백하게 사색으로 물들었다.

이윽고 장내의 모두가 팽한성의 기세에 숨이 막혀할 때였다.

"정숙하십시오. 회의 중에 지금 뭐 하는 짓입니까."

지금껏 줄곧 입을 다물고 있던 제갈용연이 처음으로 입을 열었다.

그러자 거짓말처럼 팽한성의 기세가 사라졌고, 그제야 중인들도 안도의 한숨을 내쉴 수 있었다.

장내의 분위기가 안정되길 기다리는 제갈용연의 귓가로 희미한 음성이 들려왔다.

[고맙네, 총사. 하마터면 노부가 큰 실수를 저지를 뻔했군.]

사실상 무림맹주인 백염도제 다음으로 강한 고수가 팽한성이었다.

그가 작정하고 칼을 휘두른다면 누구도 막지 못할 터.

그나마 총사인 제갈용연의 제지였기에 다시금 이성을 되찾을 수 있었던 것이다.

그 점을 고마워하자, 제갈용연은 남들 모르게 고개를 살짝 내저었다.

[그런 건 아무래도 상관없습니다. 중요한 건 그게 아니지요.]

[으음! 확실히…….]

비록 팽한성 자신이 한 소리 하긴 했지만, 유감스럽게도 중인들은 그다지 그의 말을 귀담아듣지 않는 눈치였다.

그보다는 앞서 신도방주 조방한처럼 은연중에 반발심을 느끼는 자가 더 많은 듯했다.

팽한성이 무작정 힘으로 자신들을 억압하려 한다고 오인한 것이다.

한번 힘으로 상대를 억압한다는 인상을 준 이상, 이제는 누구도 그의 말에 쉬이 귀 기울이지 않을 것이다.

이로서 팽한성의 발언권은 사실상 대폭 축소되었다고 봐야 했다.

제갈용연이 지적한 부분도 바로 그 점이었다.

그와 함께 제갈용연은 슬쩍 곁눈질로 신도방주 조방한을 훔쳐봤다.

겉으로 보기엔 그저 성격이 불같고, 즉흥적으로 행동하는 것에 불과한 것처럼 보이던 자다.

하나 그런 그의 행동이 낳은 결과는 결코 즉흥적인 것이 아니었다.

'처음부터 일부러 팽 대주를 도발한 것이다.'

원래 권모술수에 능한 자였던가?

아니면 그의 뒤에 누군가가 몰래 붙어 있는 것인가?

어느 쪽이든 간에 내심 그를 경계해야겠다고 다짐했다.

그런 가운데, 제갈용연이 입을 열었다.

"모두의 말씀, 잘 들었습니다. 확실히 이번 일은 여러모로 의문스러운 부분이 많습니다. 팽 대주의 말씀대로 속단은 금물이겠지요. 뭣보다……."

제갈용연은 잠시 말을 끊은 뒤, 중인들을 한차례 둘러봤다.

그는 중진들 한 명 한 명과 일일이 눈을 맞췄다.

갑작스러운 그의 행동에 중진들은 내심 당황했고, 몇몇은 그와 눈을 마주치길 꺼려했다.

물론 조방한처럼 두 눈 똑바로 뜨고 제갈용연과 눈싸움을 벌이는 자들도 더러 있었다.

그렇게 대략적이나마 회의실에 자리한 중진들의 성향을 파악한 제갈용연은 마저 말을 이었다.

"어쩌면 이 일을 계기로 제이차 정마대전이 벌어질 수도 있습니다. 모두들 감당하실 수 있겠습니까?"

"으음……!"

"정마대전……!"

중인들은 일제히 침음성을 흘렸다.

심지어 조금 전까지 마교에 공식적으로 책임을 물어야 한다고 하던 자들도 차마 입을 열지 못했다.

정마대전.

그 참혹한 전쟁이 끝난 지 불과 일 년도 채 안 되었다.

근데 또다시 그 인세의 지옥을 재현한다?

그것도 자신들의 손으로?

그저 일시적인 감정에 휩쓸려서, 혹은 저마다의 잇속 때문에 마교의 탄압을 주장하던 자들은 그제야 작금의 사안이 얼마나 심각한 문제인지를 새삼 실감했다.

덕분에 신중해야 한다는 팽한성의 말도 달리 받아들여졌다.

더불어서 누군가는 이번 일을 자신들끼리만 결정해선 안 된다고 느꼈다.

막 손을 들어 올리는 황의무복 차림의 장년인이 그러했다.

"총사, 이번 일에 관해서 맹주께서는 달리 뭐라고 언질하지 않았소?"

유달리 남들보다 체구가 커서 단단한 바위와 같다는 인상을 주는 그는 황보세가의 당대 가주, 권패(拳霸) 황보철이었다.

그 또한 제갈용연과 마찬가지로 처음부터 지금까지 입을 다물고 있던 자 중 하나였다.

거기다 무림맹의 주축이라 할 수 있는 오대세가의 다섯 가주 중 한 명.

그의 발언에 모두가 주목했고, 이윽고 제갈용연에게로 시선이 옮겨갔다.

무림맹주 백염도제 탁염홍.

장사평에서의 휴전 이후로 느닷없이 폐관 수련에 들어간 그와 연락을 주고받는 사람은 맹내에서 유일하게 제갈용연 혼자뿐이었다.

제아무리 폐관 수련에 들어갔다고 하나, 무림맹주라는 자리에 오른 이상 완전히 맹내의 대소사에 대해서 모르거나 멀어져서는 안 된다는 이유에서였다.

당연히 이번 일에 관해서도 백염도제에게 보고가 올라갔을 터.

황보철을 포함한 모든 중인이 바라보는 가운데, 제갈용연이 입을 열었다.

"맹주께서는 신중히 행동하라고 하셨습니다."

"신중히,라……."

황보철은 내심 기대한 대답이 아니었다는 듯 살짝 눈살을 찌푸렸다.

"지금 무림의 여론이 어떤지 알고 계시오, 총사?"

"네, 알고 있습니다."

지금 이 자리에 있는 대다수의 중진과 마찬가지로 각 무림의 여론은 멸문지화의 배후에 있는 세력을 색출해야 한다는 쪽의 의견이 지배적이었다.

만약 그러한 대중의 여론을 무시한 채 무림맹이 계속 침묵만 유지한다면, 그 여론은 이내 무림맹에 대한 비난으로 이어질 수도 있었다.

애당초 무림맹이 존재하는 이유가 뭔가?

정도문파의 구심점이기에 앞서 각 문파 간에 발생하는 문제나 분쟁 등을 해결하고 중재하는 것이 무림맹의 주 역할이 아니던가?

한데 정작 무림 전체를 떠들썩하게 만드는 잇따른 멸문지화 사태 앞에서 침묵하다니.

당연히 여론의 비난을 피할 수 없었다.

황보철이 내심 우려하는 바도 바로 그 점이었다.

"단순히 마교와의 전쟁이 겁난다는 이유로 여론을 무시해서는 안 되오. 이번 일은 본맹 차원에서 반드시 해결해야 할 일이오."

황보철의 말에 제갈용연이 고개를 끄덕였다.

당연히 그도 황보철과 비슷한 생각이었다.

무림맹 차원에서 이번 일의 내막을 소상히 밝혀내야 했다.

하지만 문제는 방법이었다.

이번 사태를 해결하기 위해서 가장 좋은 방법이 무엇일까?

잠시 동안 침묵이 흘렀고, 문득 황보철이 말했다.

"일단 마교 쪽에 서신을 보내보는 게 어떻겠소?"

"마교 쪽에 말입니까?"

"그렇소. 솔직히 우리끼리 아무리 떠들어봐야 해결될 일은 아무것도 없소. 더욱이 이번 사태에 마교로 의심되는 물증이 나온 건 엄연한 사실. 그에 관해서 한 번쯤은 진지하게 서로 이야기를 나눌 필요성이 있소."

제이차 정마대전에 대한 위험성은 둘째치더라도, 이참에 마교와 공식적인 자리를 한번 만드는 게 옳았다.

더 이상의 의심이나 불안을 종식시키기 위해서라도 말이다.

황보철의 제안에 제갈용연도 살짝 그쪽으로 마음이 쏠렸다.

확실히 마교 측과 공식적인 대화를 나누는 게 가장 나았다.

그리 생각하고 막 입을 열려는 찰나였다.

"그럴 필요 없네."

갑자기 회의실 문이 활짝 열리면서 한 중년인이 안으로 들어왔다.

유독 가슴팍까지 내려온 백염이 인상적인 중년인의 등장에 모두가 눈을 크게 치켜떴다.

특히 제갈용연의 놀라움이 가장 컸다.

그런 모두의 놀라움은 아랑곳하지 않고 백염의 중년인, 무림맹주 탁염홍은 말했다.

"이미 노부가 마교에 서신을 보내서 확답까지 받은 상태니까."

"맹주, 그게 무슨 말씀이십니까?"

그간 폐관 수련으로 인해서 외부와는 거의 단절되다시피 해온 탁염홍이었다.

한데 난데없이 폐관을 마치고 나온 것도 모자라서 제갈용연도 모르게 마교 측과 서신을 주고받았다?

제갈용연은 실로 이해할 수 없다는 표정으로 물었다.

이에 탁염홍은 자연스레 회의실의 상석에 앉으면서 말했다.

"총사한테는 좀 미안하지만, 노부가 개인적으로 만들어놓은 연락망이 있다네. 그걸 통해서 서신을 주고받았지."

"그럴 수가……!"

무림맹의 대표적인 정보 단체인 신안각에서조차 미처 파악하지 못할 만큼 은밀한 비선망이라니.

하나 따져보면 탁염홍의 행동이 영 틀렸다고 볼 수는 없었
다.

제아무리 총사인 제갈용연에 대한 신뢰가 두텁다고 한들,
무조건적으로 그의 말만 믿고 의지하는 건 그다지 썩 바람직
하지 않았다.

혹여 그가 탁염홍을 교묘하게 속이고, 독단적으로 맹내의
대소사를 처리하기라도 한다면?

그리 되면 탁염홍은 졸지에 꼭두각시 신세로 전락하고 말
것이다.

하니 그에 대한 견제 겸 객관적인 세태 파악을 위해서라도
탁염홍 개인만의 비선망을 구축해 두는 게 옳았다.

줄곧 그걸 비밀로 했다는 것에 살짝 섭섭한 마음이 들었을
뿐, 제갈용연은 이내 이해하고 넘어갔다.

어차피 지금 중요한 건 그게 아니었으니까.

"그래서 마교의 누가 답장했습니까?"

모두의 시선이 일제히 탁염홍에게 집중되었다.

마교에 서신을 보냈다는 것은 그렇다쳐도, 중요한 건 누가
서신에 답장했느냐였다.

그게 누구냐에 따라서 답장의 내용 자체가 가지는 무게감
이 천차만별이기 때문이다.

이에 탁염홍은 자신의 상징인 백염을 쓰다듬으며 말했다.

"새로운 천마일세."

"오오……!"

마교에 서신을 보낸 것도 모자라서 이번에 새로 등극한 천마에 답장까지 받다니.

제갈용연도 순간 놀랍다는 표정을 지었지만, 애써 침착하면서 말했다.

"그가 뭐라고 했습니까?"

제갈용연의 물음에 탁염홍은 한번 어깨를 으쓱하면서 말했다.

"모르는 일이라더군."

"예?"

"그쪽에서도 자신들은 전혀 모르는 일이라고 하더군."

"그런 무책임한……!"

이야기를 듣고 있던 신도방주 조방한이 분통을 터뜨렸다.

엄연히 문파들을 습격한 자들이 마교 소속이라는 것을 증명하는 신분패가 나왔고, 거기에 천마 직인의 밀지가 발견되었다.

완전히 마교와 무관하다고 볼 수 없는 일이었다.

한데 아니라고 무작정 발뺌만 하다니.

조방한의 분노에 몇몇 이들이 공감하는 분위기였다.

그렇지 않은 자들까지도 새로운 천마; 담천기의 대응이 영 불성실하다는 인상을 뇌리에서 좀처럼 지울 수 없었다.

황보철이 살짝 눈살을 찌푸린 채로 말했다.

"정말 그게 다였습니까, 맹주?"

혹시 더 숨긴 게 없냐는 듯한 황보철의 물음에 탁염홍은 허허 웃으면서 말했다.

"물론 노부가 어느 정도 생략한 감이 없잖아 있네. 중요한 것은 천마 그자도 이번 사태에 대해서 적이 당황하는 눈치더군."

"당황이라고요?"

그것이 시사하는 바는 결코 가볍지 않았다.

정말로 이번 일과 마교가 완전 무관하다는 말인가?

아니, 어쩌면 담천기가 아직까지 마교의 정권을 완전히 장악하지 못했다는 결정적인 반증이라고 볼 수도 있지 않을까?

순간 여러 가지 생각들이 중진들의 머릿속에서 떠올랐다가 사라지길 반복했다.

이윽고 중진 하나가 조심스레 입을 열고 말했다.

"만약 마교의 짓이 아니라면, 혹 천사련 쪽의……?"

요즘 들어서 틈틈이 무림맹과 신경전을 벌이는 천사련이었다.

따지고 보면 이번 일을 통해서 결과적으로 가장 어부지리를 취하는 쪽도 그들이었다.

그런 중진의 의심에 탁염홍이 다시금 입을 열었다.

"그렇지 않네. 천사련은 범인이 아니야."

"어찌 그리 자신하십니까?"

중진의 물음에 탁염홍은 품 안에서 웬 서신 하나를 꺼냈다.

그 서신을 본 중인들의 눈이 일순 커졌다.

서신에 새겨진 인장.

그건 다름 아닌 천사련의 인장이었다.

모두가 놀란 가운데, 탁염홍의 말이 이어졌다.

"노부가 마교에 서신을 보낸 지 얼마 지나지 않아서, 천사련 쪽에서 연락이 왔었다네."

"설마 흑마신 그자가……?"

"맞네."

탁염홍은 제갈용연의 물음에 곧바로 수긍했다.

이에 모두가 깜짝 놀랐다.

"천사련주가 직접……!"

"흑마신 그 작자가 용케도……."

천사련주, 흑마신 좌무기는 유독 오만하고 자존심이 강하기로 유명한 인물이었다.

그런 그가 먼저 탁염홍에게 연락을 취했다?

그 자체만으로도 이미 보통 일이 아니었다.

그 이유가 절로 궁금해졌고, 탁염홍은 이내 궁금증을 풀어 줬다.

"듣자 하니 본맹 소속의 문파 말고도 천사련 소속의 문파들도 똑같은 시기에 이와 비슷한 일을 당했다더군."

"예? 그럴 리가……!"

"어째서 그 사실이 알려지지 않았단 말입니까?"

중진들은 모두 믿을 수 없다는 표정이었다.

천사련 역시 이와 비슷한 일을 당했다니.

이에 탁염홍이 부연 설명을 했다.

"천사련 소속의 문파들은 몇몇을 제외하면 대개가 흑도 패거리들이네. 원래 그들은 자기들끼리 패싸움하다가 자멸하는 경우가 꽤나 흔한 편이지."

"한데 알고 보니 그게 아니었단 말입니까?"

황보철의 반문에 탁염홍이 고개를 끄덕였다.

"조사 결과, 최근 서로 과도한 영역 다툼으로 멸문한 것으로 알려진 문파들 모두가 우리 쪽과 마찬가지로 마교로 추측되는 자들에게 당했다더군."

뒤늦게나마 그 사실이 밝혀진 것은 역시나 시체들 사이에서 나온 신분패와 천마 직인의 밀지 덕분이었다.

탁염홍의 설명이 끝나자 장내의 모든 이가 아연실색했다.

"그럴 수가……!"

정파뿐만 아니라 사파 쪽에서도 이와 비슷한 일이 벌어졌다니.

"물론 총사는 이미 그 사실을 알고 있었겠지?"

그의 물음에 중인들의 시선이 일제히 제갈용연에게로 옮겨갔다.

제갈용연은 별다른 표정 변화 없이 고개를 끄덕였다.

"네. 완전히는 아니지만 어느 정도는 눈치채고 있었습니다."

하긴 중원 전체에 쭉 깔린 신안각의 정보망을 실시간으로 총괄하는 자가 제갈용연이었다.

그가 그런 사실을 모를 리 없었다.

"조만간 천사련 측에서 공식적으로 사자를 보내지 않을까 했었는데, 설마 천사련주가 직접 맹주님께 서신을 보냈었을 줄은 미처 몰랐습니다."

살짝 가시가 돋친 그의 말에 탁염홍이 허허 웃었다.

"이해해 주게나, 총사. 하지만 어쩔 수 없었네. 이번 일은 다른 때보다 빨리 해결해야 할 필요가 있었으니까."

기본적으로 무림맹이나 천사련 같은 거대한 조직일수록 움직이기 쉽지 않았다.

작은 움직임 하나에도 중진들과 회의를 거쳐야 하고, 그 회의가 빨리 끝난다는 보증도 없었다.

거기다 무림맹과 천사련은 기본적으로 경쟁하는 관계였다.

서로 손잡고 나아가기보단 어떻게든 상대보다 위에 서려는 경향이 있었다.

당장 제갈용연만 하더라도 먼저 천사련 쪽에 사자를 보내는 게 아니라 천사련 측에서 무림맹에 사자가 보내기를 기다렸다고 하지 않은가.

그런 쓸데없는 기 싸움 등으로 애꿎게 낭비하는 시간조차 아까울 만큼 작금의 사태는 심각했다.

탁염홍은 돌연 얼굴에서 웃음기를 싹 지우면서 말했다.

"이미 사태는 각 세력이 독단적으로 판단하기 어려워졌네. 그건 모두 동의하는 바겠지?"

탁염홍의 말에 좌중이 모두가 고개를 끄덕였다.

확실히 그의 말마따나 작금의 사안은 복잡하기 그지없었다.

무작정 마교의 짓이라 단정짓기도 애매했지만, 반대로 마냥 그들의 짓이 아니라고 증명할 만한 증거가 있는 것도 아니었다.

실로 애매한 상황.

그렇다고 해서 자칫 판단을 그르쳤다가는, 그대로 제이차 정마대전의 시발점이 될 수도 있었다.

탁염홍은 진지한 얼굴로 말을 이었다.

"해서 노부는 한 가지 제안을 그들에게 했네."

"무슨 제안을 말입니까?"

모두를 대표한 제갈용연의 물음에 탁염홍은 한 치의 망설임 없이 말했다.

"앞으로 보름 뒤에 본맹과 천사련, 그리고 마교의 중진들끼리 모여서 한 차례 회합을 가지기로 말일세."

"회합……!"

지난날 정마대전이 끝내기 위한 휴전을 맺었을 때를 제외하고는 단 한 번도 한 자리에 같이 모인 적이 없는 세 집단이었다.

그렇다 보니 갑작스레 결정된 사안 앞에 좌중이 모두 술렁였다.

한참이 지나서야 소란이 겨우 잦아들었고, 황보철이 말했다.

"아직 확정된 사실은 아니지요, 맹주?"

"아직까지는 아니라네."

그러나 말하는 투로 보자면 거의 반쯤 기정사실화되었다고 봐도 무방했다.

이에 잠시 생각에 잠기더니 곧 황보철은 다시금 말했다.

"만약 확정된다면, 회합 장소는 어디로 정하실 겁니까?"

"뻔하지 않은가. 지금의 평화가 이루어진 곳에서 회합은 진행될 걸세."

이에 모두의 뇌리에 한 장소가 떠올랐다.

그로부터 얼마 후, 공식적으로 발표되었다.

정확히 지금으로부터 보름 뒤, 정사마 대회합이 열릴 거라
고.

정마대전의 휴전을 천명했던 바로 그곳, 장사평에서 말이
다.

그리고 그 소식은 운중장으로 돌아온 이신 일행의 귀에도
들어왔다.


\*           \*           \*


"정사마 대회합이라. 이건 또 예기치 못한 전개군요."

단무린의 말에 이신은 묵묵히 팔짱을 낀 채 고개만 끄덕였
다.

이에 단무린은 내심 의아한 표정으로 말했다.

"뭔가 마음에 들지 않으십니까, 형님?"

"마음에 안 드는 건 아닌데……."

정사마 대회합.

그것이 열린 것 자체는 이신도 별로 나쁘지 않게 받아들였
다.

각 세력이 자기들끼리 오해해서 크게 부딪치는 것보다야 그 전에 공식적인 대화의 장을 마련해서 시시비비를 공평하게 따지는 편이 더 낫긴 했으니까.

한데 묘하게 마음에 걸리는 부분이 있었다.

'어쩌면……'

이번 대회합 자체가 진주언가 등을 습격한 자들의 궁극적인 목적이 아니었을까?

바보가 아니라면 이번 습격의 뒤에 마교가 있지 않을 거라는 건 누구나 알 수 있었다.

천마 직인의 밀지도 사실상 조작된 것이었다.

다른 사람은 몰라도, 혈영대주였던 이신이 그것을 알아보지 못할 리 없었다.

하나 막상 그것을 증명하기 어려웠다.

설령 무림맹이나 천사련 측에 그 사실을 말한다고 한들, 그들이 순순히 믿어줄까?

오히려 이신 등을 의심할 것이다.

마교에 몸담지 않고서야 밀지가 조작되었느냐 아니냐를 분간하기 어려운 게 현실이었으니까.

거기다 진주언가를 멸문시킨 방덕심 등은 실제로 마교의 타격대 중 하나인 귀영대의 무인이었다.

그것만큼은 절대 부정할 수 없는 사실이었다.

어째서 그들이 천마의 지시인 척하고 수하들을 이끌고 진주언가 등을 멸문시켰는지에 대해서 명백하게 밝혀내지 않는 한, 마교 쪽에서는 쉬이 혐의를 부인할 수 없었다.

그러니 이번 대회합에 참여하겠다는 의사를 밝힌 것이리라.

어찌 보자면 대회합에 참여하는 거 자체가 자신들은 떳떳하다고 말하는 격이기도 했으니까.

하지만 이러한 흐름 자체가 누군가가 계획적으로 의도한 것이라면?

만약 그것이 사실이라면 대체 무엇 때문에 이런 짓을 벌이는 것일까?

'무슨 속셈이지?'

흑월이 노리는 바가 무림을 자신들의 손아귀에 놓는 것이라는 건 익히 잘 알고 있었다.

그 때문에 담천기를 이용해서 제이차 정마대전을 일으키려고 했지 않은가?

그런 그들이니 분명히 이번 일의 뒤에도 꽤 꺼림칙한 음모가 숨겨져 있다고 보는 게 맞았다.

'연이를 찾는 것도 중요하지만……'

이번 일도 쉬이 간과할 수 없었다.

"한번 가봐야겠군."

문득 내뱉은 그의 말에 단무린이 고개를 끄덕였다.

"곧 준비하겠습니다."

굳이 어디로 가야 하냐고 묻지 않았다.

그렇게 이신 일행의 호남행(湖南行)이 결정되었다.

第九章
대회합(大會合)

　중원 전체가 갑작스러운 정사마 대회합으로 떠들썩해진 그
시각. 거대한 대전의 단상에 위치한 태사의 위에 화려한 장포
차림의 청년이 자못 방만한 자세로 앉아 있었다.

　청년, 혈승이 문득 말했다.

"대계의 진행은?"

　그의 물음에 단상 아래에 부복해 있던 중년인이 말했다.

"이제 약 칠 할 가량 진행되었습니다."

"칠 할이라."

　그만하면 나쁘지 않은 것 같았지만, 정작 혈승은 고개를 모로 삐딱하게 꺾더니, 이내 오른손으로 턱을 괸 채 말했다.

"본좌는 분명 오늘까지 구 할 정도는 진행시키라고 했을 텐데. 그대들은 내 말이 말 같지도 않았다는 건가?"

나지막한 음성, 거기다 달리 언성을 높인 것도 아니었다.

그러나 혈승의 말이 끝나기 무섭게 중년인은 오체투지를 하는 것도 모자라서 자신의 이마를 바닥에다 쿵쿵— 찍어대기 시작했다.

"소신의 능력이 부족했기 때문입니다! 부디 죽여주시옵소서!"

계속되는 쿵, 하는 소리와 함께 금세 바닥은 중년인의 깨진 이마에서 흘러나온 피로 인해서 붉어졌다.

그 모습을 본 혈승도 약간 마음이 누그러졌는지 가볍게 손을 휘저었다.

그러자 한 줄기 바람이 중년인의 몸을 감쌌고, 중년인은 자신의 의지와 상관없이 몸이 멈추는 것을 느꼈다.

이내 그는 곧 감격스럽다는 표정으로 혈승을 향해서 고개를 조아렸다.

"비천한 소신의 목숨을 살려주셔서 감사합니다!"

그의 행동은 그저 혈승에게 잘 보이기 위한 아부 따위가 아니었다.

그는 진심으로 자신의 목숨이 살아난 것에 기뻐하고 있었다.

그도 그럴 것이 원래 혈승을 보좌하던 좌호법, 광풍권마 원웅패가 이신에게 죽은 뒤로 혈승을 보좌하는 사람은 수없이 뒤바뀌었다.

원웅패와 달리 그들은 시도 때도 없이 바뀌는 혈승의 변덕에 미처 맞춰주지 못했던 것이다.

그 바람에 화가 난 혈승의 손짓 한 번에 그대로 죽어나가기 일쑤였고, 중년인 역시 자신의 처지도 곧 그리될 거라고 여겼다.

한데 기적적으로 목숨을 건졌으니 어찌 기쁘지 않으랴.

연신 고개를 조아리는 중년인에게 혈승은 됐다는 듯 말했다.

"네깟 놈의 목숨이야 아무래도 상관없다. 어서 빨리 이유나 말해봐라."

흑월에서 오랜 시간을 들여서 준비한 대계.

그런 만큼 한 치의 오차나 실수도 허용될 수 없었다.

한데 당초 목표했던 구 할이 아닌 칠 할이라니.

필시 뭔가 변수가 나타났다고밖에는 볼 수 없었다.

그런 혈승의 짐작은 보기 좋게 맞아떨어졌다.

"변수가 있었습니다."

"변수라. 무슨 변수 말이냐."

"그… 좌, 좌호법 어르신의 목숨을 앗아간 그 혈영사신이란 자입니다."

"혈영사신?"

순간 반쯤 감겨져 있던 혈승의 눈이 번쩍 뜨였다.

이에 그의 눈에서 발한 핏빛 광채에 중년인은 윽, 하는 소리를 내면서 고통스러운 표정으로 심장 어림을 움켜쥐었다.

혈천마안(血天魔眼).

혈승의 상징이자 십대마공을 모두 연성했다는 증거였다.

그리고 십대마공 중 하나를 연성한 이라면 어느 누구라도 거역할 수 없는 복종의 수단이기도 했다.

중년인이 심장 어림을 움켜쥔 것도 혈천마안의 광채로 인해서 그의 내력이 의지와 상관없이 심장 주변의 혈맥을 압박했기 때문이다.

그나마 혈승이 재빨리 혈천마안을 거두었기에 더 이상의 고통은 없었다.

미안하다는 말도 없이 혈승이 말했다.

"구체적으로 그자가 어떤 식으로 우리 일을 방해한 거지?"

"…끄응, 저, 정확히 말하자면 한두 가지가 아닙니다. 그러니까……"

겨우 고통을 이겨낸 중년인은 곧 북해빙궁의 잠정 지배와 성지에 봉인되어 있던 시해마경의 회수 등부터 시작해서 그가 담천기에게 담소연의 생사에 대해 언급해서 이제까지와 달리 다소 비협조적으로 나오기 시작한 것까지 모두 다 말했다.

그의 말이 끝나자마자 혈승은 인상을 찌푸렸다.

"이제 보니 본월의 대계가 칠 할이나마 진행된 것만 해도 기적이로군."

묘하게 이신은 대계의 핵심적인 부분에서만 나타나서 초를 쳐댔다.

다행히 각 계획마다 실패했을 때를 대비한 차선책이 있었기에 칠 할이나마 대계가 진행될 수 있었는데, 확실히 혈승의 말대로 기적적이긴 했다.

"그래서 지금 그자는 어디에 있지?"

혈승의 물음에 중년인은 즉각 기다렸다는 듯 말했다.

"현재 파악한 바로는 호남성 쪽으로 향하고 있다고 합니다."

대계에 있어서 가장 필요한 존재 중 하나인 신녀의 후예, 유세화를 보호하고 있기도 하지만, 그와 별개로 이신은 이미 요주의 대상이었다.

당연히 그의 소재에 대한 파악은 마친 지 오래였다.

"호남이라. 또 본월을 방해하겠다는 건가?"

정사마 대회합.

그것은 흑월이 진행하는 대계에 있어서 가장 중요한 부분이었다.

만약 이마저도 이신의 방해로 물거품이 된다면 정말로 대계를 처음부터 다시 새로 수정해야 했다.

혈승의 심기가 불편해졌다는 걸 눈치챈 중년인이 조심스레 말했다.

"먼저 선수를 칠까요?"

이신의 존재가 정 방해가 된다면, 더 큰 문제가 되기 전에 먼저 그를 제거하는 게 최선의 방안이었다.

하나 뜻밖에도 혈승은 고개를 내저었다.

"그자가 단신으로 좌호법을 압도했다는 걸 벌써 잊은 거냐?"

"아……."

원웅패의 무위는 무려 화경급을 넘어서 입신경에까지 도달한 상태였다.

작금 무림의 십대고수로 손꼽히는 무림맹주 백염도제나 천사련주 흑마신도 감히 명함을 내밀지 못할 만큼의 절대고수였다.

한데 그 정도의 고수를 이신은 일대일로, 그것도 압도적인 차이로 격퇴했다.

"듣자 하니 검제와도 두어 번 맞붙었다지?"

"으음!"

천혈검제 이환성.

전 유가장의 영호검주이자 화종의 전신인 배화교의 호법사자!

그의 무위는 혈승 외에는 대적할 자가 없다 싶을 만큼 뛰어났다.

특히 그의 검법은 혈승마저도 일절이라고 인정할 정도로 대단했다.

한데 그 이환성과 한 번도 아니고 무려 두 번이나 싸웠는데도, 아직까지 숨이 붙어 있다니.

생각해 보면 이신의 손에 의해서 죽은 고수들의 면면들도 심상치 않았다.

맨 처음 그와 부딪친 암혼대주 진백의 실력만 하더라도 화경급은 너끈히 넘어섰다.

그 후에 몰래 유세화를 납치하려다가 부딪친 뇌정마도 마운기는 본신의 실력도 실력이지만, 불완전하게나마 혈염공까지 익힌 상태였다.

한데도 그들 모두가 이신에게 당했다.

이쯤 되면 단순히 대계의 장애물 정도가 아니었다.

괴물!

그렇게밖에 볼 수 없을 만큼 이신의 무위는 가히 측정 불가였다.

이에 중년인은 혈승이 말하고자 하는 바가 뭔지 깨달았다.

'어차피 자객을 보내봐야 애꿎은 고수들만 낭비할 뿐이라는 건가.'

틀린 말은 아니었다.

사실상 그렇기 때문에 흑월 내에서도 이신의 존재가 눈엣가시임에도 쉬이 건드릴 수 없었던 것이다.

하나 이신을 제거해야 하는 목적이 비단 대계에 방해되기 때문만은 아니었다.

그보다 더 본질적인 문제가 있었다.

그걸 알기에 중년인은 걱정스러운 얼굴로 말했다.

"어찌해야 합니까, 혈승이시여."

중년인의 물음에 혈승은 잠시 턱을 괸 채로 생각에 잠겼다.

그러다가 문득 자리에서 일어나면서 말했다.

"마침 잘 됐군. 말로만 듣던 그자의 얼굴이 궁금하기도 하고, 슬슬 그날이 머지않았으니까."

또한 이신이 움직였다면, 그가 보호하고 있는 유세화도 함께 움직인다고 봐야 했다.

그만하면 충분한 명분이 되고도 남았다.

'그 늙은이들도 뭐라 하지 않겠지.'

한편 혈승의 말을 들은 중년인은 순간 자신의 귀를 의심하면서 말했다.

"예? 서, 설마 그, 그 말씀은?"

"뻔한 것 아니겠느냐. 그가 그렇게나 강한 자라면……."

혈승은 씨익 웃으면서 마저 말을 이었다.

"본좌가 직접 나서는 수밖에."

"……!"

대전의 공기가 일순 얼어붙었다.

그와 상관없이 혈승의 입가에 지어진 미소는 더욱 짙어져만 갔다.

*     *     *

"설마 이 공자께서 직접 저를 호위해 주실 줄은 몰랐어요."

제갈수련의 갑작스러운 말에 맞은편에 앉아 있던 이신이 무슨 뜻이냐는 눈빛으로 물끄러미 그녀를 바라봤다.

이에 제갈수련이 말을 이었다.

"말만 그리하고, 공자님의 수하분들 중 한둘을 붙여주실 줄 알았거든요."

그녀의 말에 이신이 고개를 끄덕였다.

일반적으로는 그리 생각하는 게 정상이었다.

하나 그런 것치고 제갈수련은 그의 갑작스러운 동행 요청에도 기꺼이 응하였고, 심지어 교통의 편의까지 봐주었다.

물론 공짜는 아니었다.

장사평까지의 밀착 호위.

현재 무림의 정세는 실로 어수선했다.

유수의 문파가 한꺼번에 멸문한 상태이니 그렇지 않은 게 더 이상하리라.

거기다 그런 어수선한 정세에 물 타기하듯 도적 무리가 곳곳에서 모습을 드러내고 있었다.

그렇기 때문에 제갈세가의 영애이자 무림맹주의 제자 중 한 명이기도 제갈수련의 호위에도 총력을 기울여야 하는 형편이 었는데, 마침 이신 쪽에서 동행을 요청해 왔다.

더구나 다른 사람도 아닌 이신이다.

제 발로 찾아온, 그것도 세상 어느 누구보다도 든든한 호위 무사를 포기할 정도로 제갈수련은 아둔하지 않았다.

지금까지 이신이 제갈수련이 탄 마차에 동석하고 있는 것도 그 때문이었다.

"그쪽이 지금까지 약속을 잘 이행하고 있으니, 그에 대한 작은 보답 정도라고 생각하시오."

현재 제갈세가의 전폭적인 협조와 지원으로 유가장의 성세는 나날이 커져갔다.

특히 소가주 유지광의 경우에는 유하검협(流河劍俠)이라는 별호까지 얻을 정도였고, 현재 호북 땅에서 가장 주목받는 후기지수 중 하나로 손꼽히고 있었다.

예전이라면 결코 상상할 수 없는 일!

이신의 말에 제갈수련은 소매로 입가를 가린 채로 웃었다.

"호호호, 글쎄요. 본가의 지원이 있었다고 하지만, 정작 주어진 기회를 통해서 성장하는 건 오롯이 그들 자신의 노력 여하에 달려 있죠. 그런 의미에서 보자면 저희도 이 공자님께 적이 감사하고 있어요."

처음엔 약소 세력인 유가장과의 동맹에 다소 불만이 가지고 있던 제갈세가였으나, 지금에 와서는 생각이 완전히 뒤바뀐 상태였다.

포목 사업체를 기반으로 한 유가장의 자산은 이미 예전 금와방의 수준을 넘어섰다.

포목 사업의 원천이 되는 목화 농장도 새로 주변 토지를 매입해서 다시 개간했을 정도다.

당연히 중간 유통직을 맡고 있는 제갈세가에서 가져가는 마진도 꽤 적잖은 수준이었는데, 그 액수가 무려 기존 자신들이 운용하는 상단에서 근 한 달간 벌어들이는 이문에 준할 정도였다.

당연히 제갈세가 입장에서도 유가장을 바라보는 시선이 이전과 달라질 수밖에 없었고, 그건 둘 간의 동맹을 체결한 제갈수련의 경력에도 크나큰 보탬이 되었다.

실제 제갈세가 내에서 제갈수련의 입지도 이전보다 꽤나 넓어진 상태였다.

그러니 제갈수련 입장에선 동맹을 제안한 이신에게 고마워해야 마땅했다.

그녀의 감사에 이신은 고개를 내저었다.

"결국 그 제안을 수락한 건 소저 본인이었소. 만약 소저가 수락하지 않았다면, 상황은 지금과 꽤나 달라졌겠지."

"음."

이신은 아무렇지 않게 내뱉은 말이었으나, 제갈수련은 결코 그의 말을 가벼이 흘려들을 수 없었다.

만약 이신의 말마따나 자신이 제안을 수락하지 않았다면?

이신은 곧바로 운검자를 통해서 무당파와의 연계를 취했을 것이다.

그랬다면 지금의 중원표국 대신 진무표국이 무한을 대표하는 표국이 되었을 것이고, 그건 무당파의 영역을 보다 넓히는 결과로 이어졌을 터이다.

물론 그에 반비례해서 제갈세가의 영역은 지금보다 훨씬 좁아졌을 것이고, 동시에 세가 내에서의 제갈수련의 입지는 지금보다 넓어지기는커녕 훨씬 좁아졌을 것이다.

순간의 판단을 그르쳐서 무한으로의 진출 자체가 완전히 무산되고 말았으니, 그건 당연한 결과라고 볼 수 있었다.

거기까지 생각하자 순간 제갈수련의 등 뒤로 식은땀이 흘러내렸다.

자신의 판단 여하에 의해서 호북성의 판도 자체가 완전히 뒤바뀔 수도 있었다니.

'그 정도 일을 아무렇지 않게 벌이다니. 도대체 어떻게 된 신경이지?'

문파 하나의 미래가 아니라 호북성 전체에까지 영향을 미치
는 결정을 내릴 수 있는 자라니.

아직 제갈수련 자신의 그릇으로는 무리였다.

이에 이신의 그릇이 결코 생각보다 얕지 않다는 것을 새삼
깨달았다.

그러는 와중에 이신의 말이 이어졌다.

"그보다도 맹주가 사실상 이번 대회합을 주도했다던데, 사
실이오?"

이신의 물음에 제갈수련은 가까스로 상념에서 깨어나며 말
했다.

"아, 네. 전해 듣기로는 사부님께서 천사련주와 새로운 천마
에게 개인적인 연락망으로 서신을 보낸 게 계기였다고 했어요."

제갈수련은 비교적 사실대로 자신이 아는 바를 이야기해
줬다.

이제 이신을 어느 정도 신뢰하기도 하지만, 그 이전에 백염
도제에 의해서 정사마 대회합이 열리게 되었다는 건 공공연
하게 알려진 사실이기도 했으니까.

그녀의 대답에 이신은 가만히 생각에 잠겼다.

'적어도 대회합 자체는 정사마 대표들의 의지에 의해서 열
린 거군.'

불행 중 다행이었다.

이번 일과 관련해서 흑월이 관여한 부분은 어디까지나 정사마의 대표들이 그런 식의 결정을 내리게끔 유도한 게 전부라는 소리였으니까.

물론 완전히 마음을 놓을 수 없었다.

아직 걸리는 부분이 여럿 남아 있었으니까.

바로 그때였다.

"저기……."

"응? 뭔가 더 하실 말씀이 있으시오?"

이신의 말에 제갈수련은 살짝 망설이는 기색이었으나, 이내 결심한 듯 말했다.

"이 공자께서 이번 대회합에 참석하시려는 이유가 정확하게 뭐 때문이죠?"

사실 이번에 이신이 부탁한 건 단순히 장사행까지의 동행만이 아니었다.

진짜 목적은 바로 중진들만 참여하는 대회합에 참석하는 것이었다.

물론 신안각의 부각주인 그녀의 호위무사 자격으로 말이다.

그녀의 물음에 이신은 살짝 묘한 표정을 지었다.

"이제 와서 그걸 물어보는 이유가 무엇이오?"

처음 요청 때만 하더라도 제갈수련은 이신에게 어째서 대회합에 참석하고자 하는지 그 이유를 묻지 않았다.

이신의 요청이 그다지 어려운 일도 아니거니와 이참에 그에게 개인적인 빚을 지워둘 수도 있었으니까.

덤으로 자신의 안전까지 보장할 수 있으니, 썩 나쁘지 않은 거래였다고 볼 수 있었다.

한데 지금 와서 뒤늦게 이유를 물어오다니.

이신 입장에서는 꽤나 당혹스럽다고 볼 수 있는 상황이었다.

제갈수련도 그 사실을 인지하고 있는지 살짝 미안하다는 얼굴로 말했다.

"사실 이번 정사마 대회합이 무림맹 차원에서 보자면 매우 중요한 일이긴 하지만, 유가장이나 이 공자와는 직접적으로 크게 상관없는 일이라고 생각했어요. 하지만……."

"하지만?"

"그게……."

제갈수련은 살짝 말끝을 흐린 뒤 말했다.

"제가 개인적으로 알아본 바로 최근 이 공자께서는 어딘가로 이동할 때마다 유 소저와 함께 하는 경우가 많았어요. 마치 무언가로부터 직접 그녀를 지키려고 하는 것처럼요."

실제로 이번 여정에도 유세화는 언제나처럼 동행한 상태였다.

비록 서로 타고 있는 마차는 달랐지만, 이신의 수하인 신수연이나 소유붕이 곁을 지키고 있어서 사실상 이신의 보호 아래에 있는 셈이었다.

"그리고 현재 이 공자께서는 홀로 흑월과 대적 중이시죠. 전 그게 유 소저 때문이라고 보는데, 제 생각이 너무 과한가요?"

"음, 그렇지 않소. 오히려 제대로 본 것이오."

뜻밖에도 이신은 선선히 제갈수련의 말을 인정했다.

슬슬 주변에서도 눈치챌 때가 되었다고 생각하긴 했다.

하물며 상대는 신안각의 부각주였다.

언제까지고 계속 유세화에 대한 비밀을 숨길 수 있다고 생각하는 것 자체가 오만이었다.

오히려 지금처럼 예의를 차리면서 굳이 사실 여부를 물어봐주는 게 고마울 정도였다.

이렇듯 이신이 쉬이 인정하자 제갈수련은 내심 고맙다는 표정을 지었다.

"그럼 굳이 돌려서 말하지 않아도 되겠군요. 아, 흑월에서 뭐 때문에 유 소저를 노리는지는 굳이 묻지 않을게요. 그저 하나만 확실히 답해주세요."

"그러겠소."

이신이 선뜻 대답하였고, 제갈수련은 그런 이신의 눈을 똑바로 쳐다보면서 말했다.

"방금 전의 질문도 그렇고, 혹시 이 공자께서는 이번 대회합의 배경 뒤에 흑월, 그자들이 연관되어 있을지도 모른다고 생각하시는 거 아닌가요?"

'호오.'

이신은 내심 감탄하면서 제갈수련을 바라봤다.

설마 그 사소한 단서만으로 자신이 흑월 때문에 움직이고 있음을 대략적이나마 눈치챘다니.

앞서 유세화와 흑월 간의 관계에 대해서 어렴풋이 눈치챈 것도 그렇지만, 과연 제갈세가의 영애답다고 할까.

하긴 그 정도의 눈치나 통찰력이 있으니 그 어린 나이에, 그것도 여자임에도 신안각의 부각주라는 직책을 맡을 수 있는 것이리라.

이신은 고개를 끄덕이며 말했다.

"부각주의 생각이 맞소. 난 이번 일의 뒤에 흑월이 있을지도 모른다고 생각하고 있소."

그의 대답에 제갈수련은 살짝 섭섭하다는 듯이 말했다.

"왜 진작 말씀해 주시지 않은 거죠?"

사실상 제갈세가와 유가장은 이제 서로 한 배를 탄 사이라고 볼 수 있었다.

그런데도 그런 중요한 사실을 계속 숨기고 있었다니.

내심 서운한 마음이 드는 것은 어쩔 수 없었다.

이신은 미안하다는 표정으로 말했다.

"어쩔 수 없었소. 어디까지나 개인적인 추론일 뿐이었으니까. 그런 걸 멋대로 사실인 양 남한테 떠들어 댈 수는 없는 노릇 아니겠소?"

"그래도… 아, 아니에요. 확실히 이 공자님의 말씀대로예요."

개인적인 섭섭함이야 어쩔 수 없지만, 확실히 이신의 말대로 한낱 추측을 입 밖으로 내뱉는 건 그리 바람직하지 않았다.

"그래도 어느 정도 심증은 갖춰졌소."

"그게 뭐죠?"

순간 제갈수련의 눈이 빛났고, 그녀는 저도 모르게 상체를 앞으로 숙였다.

이에 두 사람의 거리가 한층 좁혀졌지만, 두 사람 중에서 그런 걸 신경 쓰는 이는 없었다.

제갈수련은 말없이 눈빛으로 채근하였고, 이에 이신은 잠시 생각을 정리한 뒤에 말했다.

"우선 이번 멸문 사건에서 나온 물증이 첫 번째 심증이오."

"아, 천마의 밀지……."

제갈수련은 금세 이신의 말뜻을 알아들었다.

대부분의 사람은 이번 일에서 제시된 물증만 놓고 마교가 벌인 짓이라고 생각했다.

하지만 그 물증 자체가 조작된 것일지도 모른다는 이야기가 신안각 내부에서도 심상치 않게 나오고 있었다.

물론 제갈수련도 그리 생각하는 사람 중 한 명이었다.

'그게 만약 흑월의 짓이라고 한다면……'

흑월이 각 세력에 침투한 상태라는 건 이미 파악한 상태였다.

그렇기에 그들이 마음만 먹으면 마교의 짓으로 조작하는 건 마냥 불가능한 것도 아니었다.

단지 그것이 그들의 짓이라는 걸 증명하는 물증이 없다는 게 문제일 뿐이었다.

"두 번째 심증은 생각 외로 무림맹이든, 천사련이든 간에 이번 사태에 발 빠르게 대처했다는 것이오."

"그게 왜… 아!"

반문하려던 제갈수련은 이내 뭔가 깨달은 표정을 지었다.

일반적으로 무림맹이나 천사련처럼 덩치가 큰 조직일수록 일 처리가 느려질 수밖에 없었다.

그들의 대처가 느리다기보다는 중간 과정에서 의논을 거쳐 가면서 순차적으로 일을 처리해야 하는 게 정석이기 때문이다.

실제로 그런 과정은 불가피하다.

만에 하나 성급한 오판으로 인해서 돌이킬 수 없는 결과를 초래한다면 조직의 존속 자체에 문제가 생기니까.

늦장 대처라는 말을 듣는다고 한들, 원래라면 이번 일도 그런 식으로 처리되었어야 맞았다.

한데 어찌 된 일인지 그러한 과정이 대폭 축소되었다.

이유는 간단했다.

바로 백염도제의 갑작스러운 출관, 그리고 그의 개인적인 비선망을 통한 삼대 세력 수장 간의 논의 때문이었다.

만약 그게 아니었다면, 지금처럼 정사마 대회합이라는 자리가 빨리 마련되지 않았을 것이다.

처음에는 그것을 별로 이상하지 않게 여겼던 제갈수련이었지만, 이신의 말을 듣고 보니 확실히 이상한 부분이었다.

이신의 말이 이어졌다.

"마지막 세 번째 심증, 그건 바로 백염도제가 소유하고 있다는 개인 비선망이오."

"사부님의 비선망……."

생각해 보면 이상했다.

무림맹에는 이미 신안각이라는 정보 단체가 버젓이 존재하고 있었다.

오로지 맹주인 그의 명령에만 움직이는 수족.

한데 그 수족의 수장이 혹시라도 변절할 것을 대비해서 따로 별도의 정보망을 만들었다?

곰곰이 따져보면 말이 안 되었다.

그렇게나 신안각주의 변절이 걱정되었다면, 아예 차라리 신안각 내부를 반으로 갈라서 제갈용연 외의 자신의 수족을 심어서 그를 견제하게끔 구조를 바꾸면 그만이었다.

그럼에도 그렇게 하지 않고, 제삼의 단체를 만들었다는 건 두 가지 경우로밖에 해석할 수 없었다.

정말로 백염도제가 신안각주인 제갈용연을 믿지 않거나, 아니면 아예 무림맹 자체를 신용하지 않다고 밖에는 볼 수 없었다.

다소 과대 해석이긴 하지만, 아예 가능성이 낮다고 보기도 애매했다.

제갈수련의 의문은 거기서 끝나지 않았다.

'애당초 사부님께서는 어째서 이 시기에 폐관 수련을 마치신 걸까?'

백염도제의 출관 시기가 중진회의가 열릴 때와 딱 맞아떨어지는 건 단순히 우연일까?

하나하나 되짚어갈수록 의문스러운 점이 한둘이 아니었다.

그녀의 침묵이 길어지자 이신은 살짝 미안하다는 눈빛으로 바라봤다.

사실 지금의 상황은 이신이 의도적으로 유도한 것이었다.

흑월은 생각 이상으로 전 무림에 깊숙이 침투한 상태였다.

그렇기에 어느 정도 경각심을 가지고 상대의 의도를 파악해야 하는데, 지금의 무림맹 중진들은 알게 모르게 백염도제 한 사람의 뜻에 지나칠 정도로 휘둘리고 있었다.

비록 그 덕분에 정사마 대회합이 생각 외로 빨리 열리긴 했지만, 만약 그가 저도 모르게 흑월의 입김에 조종당하고 있는 거라면?

그렇기에 무림맹 내부에 그에 대해서 의심하고 가까이서 견제할 수 있는 자를 심어둘 필요가 있었다.

기왕이면 백염도제와 신안각주 양측과 직접적으로 연결되어 있는 사람일수록 좋았다.

그게 바로 제갈수련이었다.

'아마도 그녀는 곧바로 신안각주 그 작자한테 바로 요청하겠지. 백염도제 그자의 비선망에 대한 조사가 필요하다고.'

그녀가 그저 그런 지위였다면 씨알도 먹히지 않겠지만, 명색이 신안각의 부각주였다.

제갈용연도 쉬이 그녀의 말을 무시할 수 없을 것이고, 어쩌면 그 또한 은연중에 가지고 있던 맹주에 대한 의심을 이참에 확실히 털어내려고 들지도 모른다.

하물며 이신 자신조차 눈치챈 사실을 무림맹 제일의 지자인 그가 눈치채지 못한다는 건 말이 안 되는 일.

아마도 그 역시 심증만 있을 뿐이라서 지금까지는 신중하게 기회를 엿보는 중이었을 것이다.

틀림없이 제갈수련이 움직이는 것을 기점으로 신안각은 본격적으로 움직이기 시작할 것이다.

이신이 궁극적으로 노리는 것도 바로 그것이었다.

신안각의 정보망은 그 규모가 방대한 만큼 정보망의 눈과 귀가 넓게 퍼져 있다는 게 장점이자 단점이었다.

한데 그 많은 눈과 귀가 단 하나에 집중된다면?

생각보다 빨리 백염도제의 개인적인 비선망의 실체가 밝혀
질 것이다.

그들이 어디에서 정보를 얻고, 그를 통해서 맹주의 눈과 귀
가 되어주는지를 말이다.

그래서였다.

굳이 자신이 제갈수련에게 무엇 때문에 대회합에 참석하려
고 한 것인지 부터 시작해서 친절하게 세 가지의 심증을 모두
밝힌 것은.

제갈수련은 분명 그 사실을 얼마 지나지 않아서 깨달을 것
이다.

하나 상관없었다.

알면서도 그녀는 자신의 뜻대로 움직일 수밖에 없었다.

개인적인 배신감 때문에 무림맹의 존폐 여부를 결정할지도
모르는 일을 외면할 성격이 못 되었으니까.

그렇게 이신과 제갈수련 일행은 늦은 저녁 무렵 장사현에
당도했다.

그로부터 닷새 뒤, 대망의 정사마 대회합이 열렸다.


        *          *          *


대대로 상강(湘江) 하류에 발달한 호남성의 성도로서 중원

의 주요 곡창지대로 손꼽히는 곳이 장사라는 도시였다.

더욱이 장사 인근에 위치한 악록산(岳麓山)은 울창한 숲과 많은 봉우리를 갖고 있어서 예로부터 명승고적이 많기로 유명했다.

대표적으로 중원 사대 서원 중의 하나인 악록서원(岳麓書院), 호남성 최고의 불교 사원인 녹산사(麓山寺), 상강과 장사 시가지가 한눈에 내려다보이는 망상정(望湘亭) 등이 유명했다.

반면 장사평은 그 상징성에 비해서 정마대전 이전까지는 그저 악록산 인근에 위치한 이름조차 없는 평야에 불과할 따름이었다.

작금에 와서 그곳이 유명해진 것은 어디까지나 길고 길었던 정사대전의 종지부를 찍었다는 의미 있는 장소이기 때문이었다.

당연히 이런 황량한 곳에서 뭘 할 수 있을까, 하고 대부분의 사람이 의심의 눈초리를 보냈지만, 막상 장사평 한가운데에 우뚝 서 있는 거대한 막사를 보는 순간 의심은 씻은 듯이 사라졌다.

"무림맹도 제법이구만. 이런 걸 다 준비하다니."

대회합이 열린다는 말을 듣고 인근 중소방파의 무인 중 하나가 내심 경탄을 금치 못했다.

나흘 전, 무림맹에서 데려온 목공들에 의해서 하루 만에 뚝딱 세워진 거대한 막사는 밖에서 보기에도 규모가 거대했다.

실제로도 족히 백여 명 이상은 한꺼번에 수용할 수 있을 정도로 넓어서 정사마 대회합을 진행하기에 전혀 부족함이 없었다.

거기다 막사 주변은 맹호대를 비롯해서 무림맹의 무인들이 철통같이 지키고 있어서, 만에 하나의 사태가 벌어져도 금세 진압이 가능했다.

물론 무림맹 무인들만 지키고 있는 게 아니었다.

어느 정도 거리를 두고 있긴 하지만, 천사련의 무인들 역시도 함께 경비를 서고 있었다.

이에 처음 입을 연 무인은 나지막하게 읊조렸다.

"이거, 말만 대회합이고 실상은 동심회의 재림 같은데?"

그가 동심회의 재림이라는 표현을 굳이 언급한 것은 다른 이유가 아니었다.

바로 경비를 서는 무인 가운데서 마교 소속의 무인들은 단 한 명도 보이지 않았기 때문이다.

이를 보니 무림맹과 천사련에서 대놓고 마교를 배척한다는 느낌이 없잖아 있었다.

그런 무인의 말에 옆에 서 있던 그의 동료가 고개를 내저으며 말했다.

"그건 아니라네. 오히려 그 반대라고 하더군."

"반대라니? 그건 또 무슨 소리인가?"

무인의 반문에 동료가 다시금 말을 이었다.

"무림맹이나 천사련 측은 진즉에 장사평에 도착한 상태인데, 정작 마교 측의 수뇌부는 아직까지 장사평에 도착조차 안했다더군."

정확히는 이틀 전, 호남성에 들어선 건 확실한데, 정작 그 이후의 종적이 불분명했다.

"아마도 인근에서 대기 중일 테지."

"허어! 뭐 하러 그런 쓸데없는 짓을……!"

동료의 말에 무인은 실로 어이없어 했다.

미리 대회합에 들어가기 전에 수장들끼리라도 어느 정도 말이라도 맞춰봐야 정상인데, 대회합 당일까지 모습을 보이지 않다니.

이건 엄연히 무림맹이나 천사련에 대한 예의가 아니었다.

무인이 살짝 분노하는 눈치이자 동료 무인이 혀를 차면서 말했다.

"쯔쯧, 그게 다 기 싸움의 일환이네."

"기 싸움?"

"그래. 이번 정사마 대회합은 그 자체로는 전후무후한 일이지만, 단순히 보자면 창칼이 아닌 혀로 하는 전쟁이라고도 볼 수 있지."

더욱이 이번 정사마 대회합은 최근 벌어진 다수의 멸문 사태에 마교가 관여되어 있냐, 아니냐에 대해서 따지는 자리였다.

상대적으로 모두의 의심을 받고 있는 마교 입장에선 어느 정도 자신들이 쉬운 상대가 아님을 다른 두 세력의 중진들에게 각인시켜야 할 필요가 있었다.

행여 순순히 그들의 뜻에 따르는 듯한 태도를 보였다가는, 엉겁결에 그들과 전혀 상관없는 일에 대한 추궁과 책임까지 묻게 될지도 모르기 때문이다.

그러므로 그들이 대회합 당일까지 모습을 드러내지 않는 것은 무림맹과 천사련을 무시한다기보다는 은연중의 기 싸움에서 밀리지 않기 위한 의도적인 행동이라고 봐야 옳았다.

그러한 동료 무인의 설명이 끝나자마자 무인은 감탄을 터뜨렸다.

"허어, 자네 말을 듣고 보니 확실히 그런 것도 같구만. 그나저나 자네는 어쩜 그리도 잘 아는가?"

"끌끌끌, 나라고 해서 뭐 그리 자네와 다르겠나. 그저 여기저기서 주워들은 것을 종합해서 그럴싸하게 말한 것에 불과할 뿐이지."

"흠, 그렇구만."

하긴 그와 같은 중소방파에 속한 무인들은 항시 무림의 대세가 어떻게 흘러가느냐에 대해서 민감하게 반응하기 일쑤였다.

하물며 어쩌면 제이차 정마대전이라도 벌어질지도 모른다

는 우려 섞인 전망도 심심찮게 나오는 터라 더욱 촉각을 곤두세울 수밖에 없었다.

과연 이번 대회합의 결말이 어떻게 날 것인가?

무인을 비롯한 대부분의 사람은 불안 반, 기대 반으로 막사 쪽을 계속 바라봤다.

*　　*　　*

'늦는군.'

누가 직접 대놓고 그리 말하지 않았지만, 대부분의 중인의 표정은 그리 말하고 있는 듯했다.

덕분에 침묵이 감도는 장내의 공기는 더없이 무겁게 느껴졌다.

무림맹과 천사련의 중진들을 보좌 겸 호위할 목적으로 함께 회의장으로 들어선 무인들의 표정 역시 딱딱하기는 매한가지였다.

단 한 명, 이신을 제외하고는 말이다.

'다들 지나칠 정도로 여유가 없군.'

그저 마교 쪽 중진들이 아직 도착하지 않은 것뿐임에도 중진들에게서 적잖은 초조함이 느껴졌다.

뭇 사람들의 생각대로 무림맹과 천사련이 함께 손을 잡은 상태라면, 이 정도까지 여유가 없다는 건 말이 안 되었다.

즉, 무림맹과 천사련은 완전히 서로를 신뢰하는 사이가 아니라고 봐야 옳았다.

'하긴, 바보가 아닌 이상, 그 물증들이 다 조작된 거란 걸 알 수 있겠지.'

거기다 무작정 이번 일의 배후가 마교라고 인정하기라도 했다간, 그 길로 제이차 정마대전이 벌이질 수도 있었다.

아직 무림맹이나 천사련 양측 모두 정마대전 때 입은 피해나 손실을 완전히 다 회복하지 않는 시점이었다.

그걸 고려하면, 무조건 마교를 배척해서는 안 되었다.

오히려 손을 잡아야 한다.

지난 일의 흉금은 가슴 속에 묻어두고, 실리적으로 나가는 게 최선이었다.

그런 의미에서 보자면 무림맹과 천사련은 같은 편이라기보다는 오히려 경쟁자라고 보는 게 맞았다.

하나의 목적을 두고 다투는 경쟁자끼리 사이가 좋을 리 만무할 터.

지금 회의실의 분위기가 무거운 진짜 이유도 바로 그것이었다.

이에 이신은 남들 모르게 냉소를 머금었다.

'한심한 자들. 아직까지도 이 세상이 자신들 중심으로만 돌

아가는 줄 아는군.'

조금만 더 생각해 보면 분명 기존의 세력이 아닌 흑막의 세력이 이번 일과 관련 있을지도 모른다고 의심해야 마땅했다.

하나 무림맹과 천사련 중진들은 흑막에 관한 의심은 요만큼도 하지 않았다.

그저 마교의 동태나 눈치만 살피기에 여념 없었다.

정작 지금 이 자리가 흑막에 대한 가능성 여부까지 포함해서 논하는 자리임에도 불구하고 말이다.

그게 다 현 무림의 정세가 무림맹과 천사련, 그리고 마교라는 기존 삼강 체제로만 돌아간다고 여기는 오만과 안이함 때문이었다.

흑월이 마음 놓고 무림에서 활개를 치고 다니는 것도 바로 그로 인한 빈틈에 비롯된 것이었다.

그나마 각 조직의 두뇌 격이라고 할 수 있는 제갈용연이나 사마결 등이 흑월의 존재에 대해서 눈치채고, 그들에 대한 추적까지 하는 마당인 게 불행 중 다행이랄까.

이신의 시선이 슬쩍 자신의 앞에 앉아 있는 제갈수련에게로 향했다.

닷새 전, 백염도제에 관한 조사가 필요하다고 말한 뒤로 그녀는 이신과 이렇다 할 이야기커녕 얼굴조차 마주치지 않았다.

일부러 그녀가 이신을 피한다기보다는 신안각의 모든 총력을 기울여서 조사하느라 바빠서 미처 그와 대화할 시간조차 없다는 쪽에 가까웠다.

물론 신안각주인 제갈용연에 비할 바가 아니겠으나, 부각주인 그녀는 상사인 제갈용연의 지시를 정확하게 아래로 전달하는 중간 역할을 담당하고 있었다.

어떤 의미에서 보자면 그저 생각하고 지시만 내리면 되는 제갈용연과 달리 그녀는 직접 발로 뛰어야 하는 부분이 적잖다는 소리였다.

확실히 두꺼운 화장으로도 완전히 다 가려지지 않을 만큼 그녀의 눈에서 적잖은 피로가 엿보였다.

육체적으로나 정신적으로나 평소 이상으로 상당히 무리하고 있다는 증거였다.

그렇게 바라보고 있을 때, 문득 제갈수련이 그를 향해서 고개를 돌렸다.

우연히 그녀와 눈을 마주친 이신은 순간 찔끔했지만, 이내 모른 척 앞을 바라봤다.

그런 그의 모습을 제갈수련은 내심 신기하다는 눈초리로 바라봤다.

'이미 들어서 알고 있긴 하지만, 정말 감쪽같은 변장이구나.'

혈영대 시절에 익힌 역용술로 인해서 이신의 모습은 평소와 달랐다.

남들이 보기에 그의 모습은 영락없이 날카로운 눈매가 인상적인 장년인이었다.

체격까지 달라져서 그와 구면인 팽한성조차 그를 미처 못 알아보는 눈치였다.

심지어 그는 제갈수련에게 어디서 저런 호위를 구했냐고 물어보기까지 할 정도였다.

비록 정체는 못 알아봤으나, 이신이 꽤 강한 고수라는 것까지는 꿰뚫어본 것이다.

물론 일부러 이신이 자신의 기도를 딱 그 정도까지만 개방한 것임을 꿈에도 모른 채 말이다.

'정말 재주도 많은 분이구나.'

어떻게 이런 다재다능하고, 심지어 강하기까지 한 자가 유가장이란 중소방파와 연관된 것일까?

문득 그와 연인 관계라는 유세화에게 부러운 마음과 시샘이 동시에 들었다.

비록 신안각의 부각주로 활동하고 있다고 하지만, 제갈수련도 지금보다 나이가 차면 언젠가 다른 가문과 정략혼을 맺게 될지도 모른다.

명문가의 여식들이라면 피할 수 없는 운명이었다.

원래라면 유세화도 별반 다를 것 없는 처지였겠지만, 제갈수련와 달리 그녀의 곁에는 이신이라는 든든한 동반자가 있었다.

현재 유가장에서도 두 사람의 혼인에 대해서 긍정적으로 받아들이는 상황이었으니, 사실상 본인이 원치 않은 정략혼과는 멀어졌다고 해도 과언이 아닌 상황.

　그렇기에 부러움과 시샘을 저도 모르게 느끼는 것이었다.

　하나 그도 잠시, 제갈수련의 표정은 진지해졌다.

　'사부님께서는 언제부터 흑점과 연관되어 있었던 걸까?'

　흑점.

　그들은 사람 고기를 거래하는 것으로 유명한 인간 백정이었다.

　하나 신안각의 부각주인 제갈수련은 그들의 숨겨진 이면에 대해서도 잘 알았다.

　흑점은 정사마의 각 정보 단체보다 더 은밀하고 위험한 정보를 손에 쥐고 있기로 유명했으니까.

　그리고 그 외에도 또 하나 숨겨진 사실이 있었다.

　바로 예의 흑막 세력, 흑월과 흑점이 서로 한통속일지도 모른다는 것이었다.

　그렇기에 신안각 내부에서도 이 사실은 극비로 분류되었고, 제갈용연은 즉각 제갈수련을 비롯한 신안각의 간부들에게 함구령까지 내렸다.

　그래서 제갈수련은 고민하였다.

　과연 이 사실을 이신에게 전부 말해도 될지, 아닐지를 놓고 말이다.

어떤 의미에서 보자면, 이신은 신안각에서 미처 놓치고 있던 부분을 지적해 준 고마운 은인이었다.

그런 은인에게까지 사실을 숨긴다는 건 어쩐지 말이 안 된다 싶었지만, 그렇다고 아버지 제갈용연의 함구령을 거역할 수도 없는 노릇이었다.

'어떡하지?'

그렇게 그녀가 고민하고 있을 때, 갑자기 바깥이 소란스러워지기 시작했다.

이에 장내의 중인들이 약속이라도 한 듯 모두 막사의 입구 쪽으로 고개를 돌렸다.

이신 역시 뚫어질 듯이 입구를 바라봤다.

'드디어 시작인가?'

모두가 지켜보는 가운데, 막사 입구 역할을 하던 천이 옆으로 젖혀지고 백염의 중년인이 들어섰다.

무림맹주, 백염도제 탁염홍이었다.

그 뒤를 이어서 전신을 흑색으로 물들인 듯한 검은 장포를 두른 창백한 인상의 중년인이 오연하게 뒷짐을 쥔 채로 안으로 들어섰다.

천사련주, 흑마신 좌무기였다.

그리고 그 뒤를 이어서 들어오는 무리가 있었다.

그중 가장 선두에 선 채로 들어서는 적포 차림의 미공자에게 이신을 비롯한 모든 이들의 시선이 고정되었다.

'저자가 바로……!'

'새로운 천마!'

그런 모두의 시선에 답하듯 미공자, 담천기의 입꼬리가 올라갔다.

그와 동시에 장내로 해일처럼 번지는 거대한 기세!

"크읔……!"

"이 무슨……!"

좌중에 있는 사람들 중에서 그 정도 기세를 견디지 못할 자는 없었지만, 그렇다고 해서 모든 이가 평온을 유지할 정도까지는 아니었다.

"흐윽!"

제갈수련 역시 담천기의 막강한 기세에 고통스러운 신음을 터뜨렸는데, 순간 그녀를 억누르던 기세가 말끔히 사라졌다.

이에 정신을 차린 제갈수련의 눈앞에 검집째로 장검을 들고 서 있는 이신의 모습이 보였다.

그가 그녀를 덮치던 기세를 옆으로 흘려 버린 것이었다.

"괜찮소?"

이신은 무겁게 착 깔린 저음으로 물었다.

외모와 마찬가지로 음성 역시 변조한 것이었다.

이에 처음에는 멍한 표정을 짓던 제갈수련도 이내 정신을 차리면서 괜찮다고 고개를 끄덕였다.

그렇게 한 차례의 소란이 끝날 때쯤, 담천기의 붉은 입술이 열렸다.

"인사는 이 정도면 충분한 듯하니, 슬슬 시작하도록 합시다."

이정도의 기세를 고작 인사로 치부하다니.

실로 도발적이면서 오만한 처사가 아닐 수 없었다.

순간 좌중은 욱했지만, 누구도 담천기에게 뭐라고 하지 못했다.

상대는 누가 뭐라고 해도 천마. 그와 부딪쳐 봐야 좋을 건 하나도 없었으니까.

하나 그를 바라보는 눈초리까지 마냥 고운 것은 아니었다.

그렇게 모처럼의 정사마 대회합은 처음부터 거친 불협화음과 함께 시작되었다.

『대무사』 9권에 계속…

# 초대형 24시 만화방

신간 100%, 샤워실, 흡연실, 수면실(침대석), 커플석, 세탁기 완비

## ■ 강북 노원역점 ■

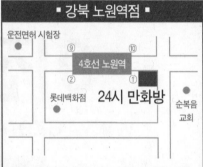

서울 노원구 상계동 340-6 노원역 1번 출구 앞 3층
02) 951-8324 (화용빌딩 3층)

## ■ 일산 정발산역점 ■

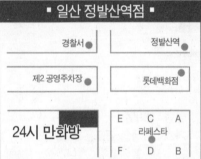

라페스타 E동 건너편 먹자골목 내 객잔건물 5층
031) 914-1957

## ■ 일산 화정역점 ■

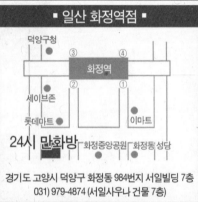

경기도 고양시 덕양구 화정동 984번지 서일빌딩 7층
031) 979-4874 (서일사우나 건물 7층)

## ■ 부천 역곡역점 ■

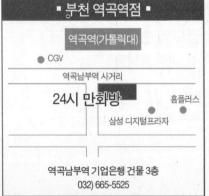

역곡남부역 기업은행 건물 3층
032) 665-5525

## ■ 부평역점 ■

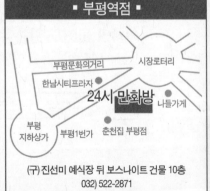

(구) 진선미 예식장 뒤 보스나이트 건물 10층
032) 522-2871

十 星

십자성

허담 新무협 판타지 소설
FANTASTIC ORIENTAL HEROES

전왕의 검

신력을 타고났으나 그것은 축복이 아닌 저주였다.

## 『십자성 - 전왕의 검』

남과 다르기에 계속된 도망자의 삶.
거듭된 도망의 끝은 북방 이민족의 땅이었다.
야만자의 땅에서 적풍은 마침내 검을 드는데……!

### "다시는 숨어 살지 않겠다!"

**쫓기지 않고 군림하리라!**
**절대마지 십자성을 거느린**
**적풍의 압도적인 무림행이 시작된다!**

Book Publishing CHUNGEORAM

유행이 아닌 자유추구 -
WWW.chungeoram.com

진가(家)

# 진가도 2부

백준 新무협 판타지 소설

FANTASTIC ORIENTAL HEROES

## 진가도(眞家刀)!!

하늘 아래 오직 단 하나의 칼이 존재했으니,
그것은 진가(眞家)의 칼이었다.

"우린… 왜… 그렇게 만났지?"
언젠가 그녀가 내게 물어왔었다.
그때는 대답하지 않았으나 알고는 있었다.
단지 눈앞에 강한 자가 있으니까.
─본문 中발췌.

Book Publishing CHUNGEORAM

유행이 아닌 자유추구 ─
WWW.chungeoram.com

風神

풍신서윤

徐

강태훈 新무협 판타지 소설

FANTASTIC ORIENTAL HEROES

2015년 대미를 장식할 무협 기대작!

『풍신서윤』

부모를 잃은 서윤에게 찾아온
권왕 신도장천과 구명지은의 연.
그러나 마교의 준동은
그 인연을 죽음으로 이끄는데……

"나는 권왕이었지만
너는 풍신(風神)이 되거라!"

권왕의 유언이 불러온 새로운 전설의 도래.
혼란스러운 세상을 정화하는 풍신의 질주가 시작된다!

Book Publishing CHUNGEORAM

유행이 아닌 자유추구 ~
WWW.chungeoram.com

박선우 장편소설
FUSION FANTASTIC STORY

멋진 Wonderful

人 인생 Life

태어나며 손에 쥔 것이라고는 가난뿐.

그러나 내게는 온몸을 불사를 열정과
목숨처럼 소중한 사랑이 있었다.

『멋진 인생』

모두가 우러러보는 최고의 직장이자 가장 치열한 전쟁터,
천하그룹!

승진에 삶을 바친 야수들의 세계에서 우뚝 서게 되는
박강호의 치열하지만 낭만적인 이야기!

Book Publishing CHUNGEORAM

# 궁극의 쉐프

*Ultimate chef*

가프 장편소설

FUSION FANTASTIC STORY

태초의 우물에서 찾은 사막의 기적.
사람의 식성과 식욕을 색으로 읽어내는 능력은
요리의 차원을 한 단계 드높인다.

## 『궁극의 쉐프』

요리란!
접시 위에 자신의 모든 것을 담아내는 것.

쉐프란!
그 요리에 자신의 가치를 증명하는 사람.

"요리 하나로 사람의 운명도 좌우할 수 있습니다."

혀를 위한 요리가 아닌, 마음을 돌보는 요리를 꿈꾸는
궁극의 쉐프 손장태의 여정이 시작된다!

Book Publishing CHUNGEORAM

유행이 아닌 자유추구 -
**WWW.chungeoram.com**